颶《ぐ》風《ふう》の王

河﨑秋子

角川文庫
21108

目次

第一章　乱神

馬の子

嗚咽《おえつ》が積もった雪へと滲《し》みた。抑えきれず漏れ出した泣き声が、鼻を啜《すす》る音と混じりながら、冷えた空気へと白く吐き出されていく。

青年が野で独り、そうして泣いていた。名を捨造《すてぞう》という。歳は十八、ぼろを着ているがその下の肉体は骨太で、この貫禄《かんろく》が彼を実年齢以上に頑強に見せていた。

その捨造が、人目がないとはいえ、野で童のように泣いていた。これまで溜《た》めていた想いを全て押し出すように、泣き続けている。右手に紙をきつく握り締めたままで。

顔は天を向いていたが空を見てはおらず、目蓋《まぶた》を閉ざしている。その合わせ目から、とめどなく涙が零《こぼ》れては頬を、首筋を、襟元を汚していた。

傍で馬だけがそれを見ていた。黒く澄んだ両の目に、主《あるじ》の姿を映していた。

馬は少しばかり耳を立て、泣き続ける捨造に近づいた。その動きに気づいた捨造が手を伸ばすと、応じるように頭を寄せた。そのまま鼻先を男に近づけ、唇を器用に動かして濡《ぬ》れた顎《あご》に吸いつく。

涙。塩か。

捨造はその自然な意図に気づくと、ゆっくりと鼻面を撫《な》でた。気持ちがいいのか、もっと強く擦《こす》れとせがむように顔を押し付けてくる。顔面の短い毛の感触や、その下の肌の温かさを掌《てのひら》に感じながら、捨造は握り締めた手紙の主のことを考えた。自分を腹に宿している時、もしかしたら閉ざされた雪の中で独りこうして馬と寄り添い、そしてその馬を食らって生き延びた母のことを。

＊

捨造が母と会うのは雨の日が多かった。外での畑仕事ができないためだ。明治の世となり久しく、都市では電気だ舶来だといったものが浸透していても、ここ東北の農村では人の営みにいまだ大きな変化はない。人々は陽が出れば働き、雨の時は籠《こも》る。捨造もそうして働く百姓の一人であった。

野良着を湿らせていく細い雨の中、捨造は畦道《あぜみち》の野菊を手折った。茎の筋が硬いが、野良で鍛えられた太い腕と指とではたやすい。その無骨な手で花など持って歩くのは十八になった自分には気恥ずかしく思え、彼は懐にその花を潜ませた。母にやるのだ。庄屋《しょうや》宅の薄暗い奥座敷で独り、常人とはかけ離れた心のありようで暮らす母に。

「ごめんくだせえ」

勝手口にしては立派な戸を開けて声を張り上げると、奥から急ぎ出てきた下女の顔がやや曇る。どこかよそよそしい視線を捨造に投げかけると、無言で奥にとって返した。捨造は慌てずそのまま待つ。ほどなくして、きちんと帯を締めて髪を結った初老の女性が出てきた。捨造の祖母にあたる女だった。

「ああ、よく来た、よく来たねえ」

この家では昔から祖母だけが優しかった。捨造が幼い頃は時折、そっと近づいては袂《たもと》に干菓子やら幾ばくかの小銭を入れてくれた。そして今もまれに、周囲に人がいないのを確認して捨造を抱きしめたりもする。祖母からは他では嗅《か》いだこともない練《ね》り香《こう》のいい匂いがする。泥と汗と灰汁《あく》の匂いしかしなかった養い母とは違う。捨造にはどうしてもその花のような香りが自分とつながりがあるということが馴染《なじ》めず、ただ体を硬くして抱きしめられるに任せるようにしていた。

屋敷の奥にひっそりとその部屋はある。右へ左へと、わざと曲がりくねっているのではないかと思われる長い廊下の果てだ。他のどの部屋とも襖《ふすま》で接してはいない。独立した最奥の座敷だ。

廊下に繋《つな》がる唯一の襖を開くと同時に、捨造は部屋の主に向かって声を上げた。

「おっ母《か》あ」

北向きの小さな明かり取りの窓しかない内部は薄暗い。ましてや屋外から入って間もない捨造の目にとってはひどく暗い。出奔した母の帰還に合わせて造られた間だと聞いている。人と接するのも、外に出ることも、明るい部屋も厭《いと》うようになった母のためだけに用意された部屋だと。その薄暗闇の中、のそりと人影が動く。その影が縦に伸び、床に坐《ざ》していた人が立ち上がったのだと分かる。捨造は影に向かってさらに声を掛けた。

「おっ母あ。元気か、捨造が来たぞ。捨造がまた来たぞ」

「ああ、捨造かあ」

若々しい声がする。ゆっくりと衣擦《きぬず》れの音がして、影が近づいてくる。捨造の目はそろそろ暗闇にも慣れて、母の顔がようやく見えた。捨造の近くまで歩み寄ると、白蛇のように細い両手が捨造の顔を挟む。そのまま顔を寄せて息子をまじまじと見た。

「ほんとだ、捨造だ。捨造がまた来たあ」

にっこりと、心底嬉《うれ》しそうに母は笑った。白い顔だ。そのうち透けて向こうが見えるのではないかというぐらいに肌が白い。紺地に白の寝間着の肩に、結ってもいない長い髪がかかっている。寝起きのようだ。今は昼間であっても、母に普通の生活時間はあてはまらないのだ。

　捨造はいつも不思議に思う。母は声も見かけも随分若い。母親ならば相応の年齢のはずが、このままならぬ身の母はまるで自分とひと回りぐらいしか違わないように見える。息子の捨造からしても、美しい母親だった。

「これ、土産な。大したもんじゃなくて済まねえ」

「きれい」

　持参した野菊を渡すと、母は両手を伸ばしてそれを受け取った。小枝のように細い指だった。捨造は、親子なのに厚くて浅黒い俺の手とは全然違うなあ、と改めて思った。村のどんな女達とも違う。人間というのは、労働をしないでいるとこんな豆もやしみたいになっちまうんだなあ、と率直に思う。

　母は手渡された野菊を、両手で捧《ささ》げ持つようにして嬉しそうに見ている。

「外はもうすっかり秋だあ。木の葉っぱが赤やら黄色やらになって大層綺麗《きれい》だぞ。秋の菊もいっぱい咲いている。これもそっから採ってきたんだ」

「ありがとうねえ」

　花を初めて見るように物珍しそうに眺め、童女のように微笑んだ。母の内部は普通と違う理《ことわり》で時間が流れている。多くは過去へと戻っているのか、子どものように振る舞うことが多い。かと思えば時には、人生を歩き過ぎて疲れ果てた老人のようにぼうっとしている。

捨造はそんな母のことを理解はできないが受け入れてはいた。受け入れた上で、折を見てはこうして会いに来るようにしている。自分の世界に生きる母がこうして普通に言葉を交わし、普通の表情を見せる相手は捨造をおいて他にないからだ。

外の季節の移ろいや、今年の稲穂の実入り、渡り鳥がいつもより早く南から来たことなど、特に重要でもない話を一通りすると、母はにこにこと嬉しそうに聞いていた。

「こんな雨の日はな。夜中に蛙が一斉に鳴きだすことがある。それまで静かだったのが、何十もげろりげろりって、合戦でも始めたみてえに」

「蛙の合戦。鳴くのね。鳴くのが戦いなのね」

「みんな必死だあ。朝に探したら、一匹ぐらい喉《のど》破れたのがいっかも知んねえなあ」

まるで子どもにするように語って聞かせると、母は真剣に耳を傾け、そしてけたけたと笑う。外の世界の話が好きならば、どうして頑《かたく》なに座敷に閉じこもっているのか、捨造は考えたことがある。一度、それとなく母に訊《き》きもした。しかし母は「捨造の話は全て楽しい」と言って続きを促すだけだった。

そのため捨造は集落で見聞きしたとりとめのない話ばかりを続ける。大きな話は一つとてない。結局彼にしても、座敷ではなくとも村という狭い世界の檻《おり》の中にしか生きていないのだ。

「そろそろ帰るから」

一通り、頭に浮かんだことを話して、捨造はそう切り出す。あまり長くここにいると、母親は疲れ果てる。ひどい時には熱さえ出してしまう。母は唇を突き出して不満そうな顔をしていたが、「次は山に咲いてる新しい花、持ってくっから」と言うと、喜んで頷《うなず》いた。

ほの暗い座敷の中、最奥にある座卓には捨造が前回持ってきた反魂草《はんごんそう》の花が活《い》けてある。母はそれをいつものように大事に押し花にして、今日持ってきた菊を代わりに活けるのだろう。

「じゃあ、また来るから」

「絶対ね。絶対に来てね」

「ああ、おっ母あも元気でな」

邪気のない笑顔を交わし合い、束の間の再会を終える。次は何の花を持っていこうか。そんなことを真面目に考えながら、捨造は座敷を後にした。建物の外に出る際、雨模様とはいえ外の明るい光にしばし目を閉じ、母が今も薄暗い座敷に座っているさまを想った。


捨造は離乳が済んだ頃、生家である庄屋宅から小作農家へと養子に出された。母が妊娠期に病んだのと、母の父、捨造にとっては祖父である庄屋の怒りが原因だという。実の父親は知らない。祖父が認めなかった男だったと捨造は聞いている。そのような曰《いわ》くから、捨造は捨てられ子、忌み子だと散々周囲から嘲《あざけ》られながら育った。鬱屈《うっくつ》を抱えながらも歪《ゆが》むことなく成長したのは、庄屋にとって都合の悪い子をいきなり押し付けられたはずの老夫婦のお蔭《かげ》だった。

子のなかった小作農の彼らは困窮の中でも捨造を養ってくれた。常に厳しくも優しく育て上げ、捨造もそれに応《こた》えるようになった。お蔭で三歳の頃から見よう見まねで鍬《くわ》をふるい、十歳を超す頃には大人とほぼ同じ働きができた。十二歳の時に養父を、十七歳の時に養母を立派に見送り、そうして十八になった今、黙々とよく働く青年へと成長した。

捨造は自分の出自について早いうちから聞かされ、受け入れようと努めていた。たとえ村の悪餓鬼どもや口さがない大人から揶揄《やゆ》されても、

「恥じることはね。俺ぁちゃんと産んでもらって、ちゃんと育ててもらったんだ」

と意に介さないようにふるまった。多少の無理と意地はあった。時折、我慢が辛《つら》くなると無言で空を見上げ、無心で雲の動きを目で追った。時間が許せば半日でもそうしていた。辛抱という言葉を枕に育ったような捨造には、それが精一杯だった。

貧農であるうえ、生い立ちが村に知れ渡っている捨造は、村の後家らと密《ひそ》かに歪ん

だ関係はあったが、嫁取りなどは望めそうもなかった。養父母亡き今はぼろ家で独り寝起きをし、早朝から夕刻まで狭い田畑に出て一心に仕事をする。時々乞《こ》われて近隣の家を手伝う。そして、雨の日は母を見舞う。

静かに過ぎる日々だった。特に大きな問題も起きず、ただ息を潜めるようにして生活していれば、人に害されることはとりあえずない。綺麗な泉の底に溜まった枯れ木のように、こうやって俺は静かに腐って死んでいくのだろうな、と捨造はとっくに観念の域にあった。

しかし、例えば一人で飯を食い一人で眠る夜。煎餅《せんべい》布団に横になっていると、捨造は自分でも理解できないほどの衝動に駆られることがあった。

違う。そうじゃねえ。ここじゃねえ。ここじゃあねえんだ。

それは明確な違和感であった。自分はこの場所で独り生きていかなければならない、分かりきっているその現実が、こんな時はひどく堪えがたく思えた。敷布団と自分の背の間に知らない誰かの毛髪が入りこみ、四六時中肌を苛《さいな》んでいるようなこの違和感。

生活自体に大きな不満はなくとも、何かほかの、何処か違う場所で生きていくという選択は本当にないのかと、捨造は自問するようになった。最初は小さかったはずの疑問はやがて、雨後《うご》すぐの茸《きのこ》のようにむくむく膨らんでもう戻れなくなる。

都合のよい答えなど、独り煩悶《はんもん》していても現れるはずもない。だが居心地の悪さを感じて日々を過ごすうち、ある機会が来た。啓示というものは往々にして全くの偶然を装ってやって来る。捨造の場合は、野良仕事の手伝いで訪れた家でだった。

午前の作業が終わり、捨造はささやかな昼餉《ひるげ》に呼ばれる。家人よりも早く茶飯をかっこみ終え、いささか所在ない思いをしている時、家の土間の一角に目がいった。

新聞だった。東京で奉公に出ているその家の次男坊が幾ばくかの菓子やらを送ってきた、その包み紙として使われていた新聞紙だった。焚《た》き付けにでも使われる予定だったのか、ぐしゃりと丸められてそこに落ちている。

捨造はなんの気なしにそれに手を伸ばした。文章を読むのが好きな訳ではないが、とりあえず読み書きだけはできるので、あくまで暇つぶしのつもりだった。しかし、そこに載せられていた写真が捨造の目を射る。

それは起伏のある広大な大地の写真だった。粗い印刷ではあるが、標高の高い地点から見下ろすように大地を撮影したものだと分かる。遠景は広々と、近景は針葉樹がみっしりと山肌を埋めていた。

風が強いのか、木の枝が一様に横になびいている。山からの広々とした風景と併せ、荒々しい、しかし力に満ちた光景だった。

「どこだ、これ」

思わず捨造の声が漏れ出る。写真の脇にある文字に目をやると、ひときわ大きく『開拓民募集』の文字が躍っている。鼓動が一瞬、速くなった。北海道。開拓者。明るい未来。開墾。未開の沃野《よくや》。そんな都合の良すぎる言葉が散らばった紙面を、夢中になって目で追った。

捨造は知らない。この時すでに、政府主導の北海道開拓者募集は何度目かの大規模な募集を終えており、応じて北海道に渡った者のうち少なくはない数が困苦により道を、あるいは命さえ絶たれていたことを。その厳しさゆえに、当初は豊かな農村の象徴として開拓民の家族団らんなどの絵が描かれていた募集記事が、今回偶々《たまたま》手抜きの写真になったことを。

だが、この時捨造の中にはこれだ、これこそが、という確かな直感があった。耳当たりのいい惹句《じゃっく》の数々に魅《ひ》かれた訳ではない。ただ、未開の沃野という言葉とこの写真が直感的に響いた。未だ開かれぬ地。人の手の入っていない土地。この写真のような、こんな、木が沢山で、豊かそうな山で、そしてまだ誰も住んでいなそうな。そんな場所に、行く人間を募っている。そう考えると心が躍った。

土地という財産が欲しかった訳ではない。欲ではなく、捨造は誰のものでもない大地というものが存在すること、そこに住まえる可能性があることにひたすら焦がれた。この村のように、小さな田一枚、山のひと越え、全て誰某《だれそれ》の土地として何百年も存在してきた場所ではない。誰も住んでいない場所を、自分の手で拓《ひら》き、住む。考えるだけで夢想は甘く捨造の脳髄を刺激した。気がつくと、捨造は雇い主に懇願していた。

「あんな。これ、今日の出面《でづら》賃いらねえから、その代わりにこの新聞、おらにくれねえべか」


新聞を持ち帰ったその晩、捨造は同じ記事を諳《そら》んじられるほどに読み込んだ。そして次の日、庄屋の家人が訝《いぶか》しがるほどの朝まだきに、母の座敷へと駆け込んだ。頬を興奮で上気させ、歓喜で表情を染めながら。母親は息子の珍しい様子に目を丸くした。捨造は丁寧にたたんだ新聞を懐から取り出し、震える手で母の目の前に拡げた。

「なあおっ母あ。これ見てくなんしょ。俺な、俺、北海道行ぎてえ」

「ほっかいどう？」

「北の方にある島だ。まんだ手つかずの山がいっぺえ残ってて、いくら切り拓いてもいいって話だ。何反も何町も畑手に入るってよ」

「ほっかいどう、知らんねえ」

「俺も初めて行くだよ。なあ、おっ母あ。行ってみてえんだよ。土地とか手に入るってのも大層豪快な話で魅力あっけど、なにより、俺、まだこの村の人間が見たこともねえ場所に行ってみてえ」

捨造は喜び勇んでまくし立てた。驚いて息子の話を聞いていた母は、ようやくその意図を理解したのかゆっくりと微笑む。

「いいねえ。新しいとこ、いいねえ」

「賛成してくれるだか。けどな、けどな」

ようやくひと息をついて、捨造は言い難《にく》そうに切り出す。どうあっても辛く、しかし言わねばならぬ一言を。

「おっ母あのこと、置いてかんとなんねえ」

絞り出すようにそう言うと、母はきょとんと童子のように目を丸くした。それからさも可笑《おか》しいとばかりにけらけらと笑う。

「気にすることないべ。おっ母あのこと、なにも気にすることは」

「とは言っても」

ためらう捨造の話は聞かず、母は無邪気に高い声で訊く。

「ねえ。北ちゅうと、寒いだか」

「寒い。夏でも火ぃ焚かんと凍える場所もあるって話だし、冬は寒くてたまらんらしい」

「風邪ひかんようにせんとねえ。風邪ひいたら、なおのこと寒い」

「そだな。俺は頑丈だからなかなか風邪ひかねえし、寒いとこでも元気にやってけるつもりでいっけど」

　捨造は知らない。今日はいつものような雨の日ではない。彼が入ってくる時に部屋の襖を開け放したせいで、捨造はちょうど太陽を背にしていることを。早朝の太陽が、母の目にはちょうど後光のように見えていることを。母は突然、細い両手を合わせて目を閉じた。

「何拝んでんだ？　俺、仏様でねえぞ。北海道は厳しくてたまにおっ死《ち》んじまう人がいるみてえだけど、まだ俺は仏になってねえぞ」

　捨造は笑ってみせたが、母はまだ手を下げないので、小さな両手を包み込んでやった。野良仕事や力仕事とは無縁な手は、ひどく細くすべすべとしていた。久方ぶりに触れる母の手に気を取られて、捨造は気づかない。母の目がこの時、すっかり腰を据えて自分を見ていることを。そこに精神のゆらぎは微塵《みじん》も残らず、ただ静かに理知の光がたたえられていることを。

「あっちの風はきっと冷てえど。雪が降るのは陸奥《みちのぐ》と同じだろうけども、風があったらきっともっと寒い」

「だな。気ぃつける」

「寒いのはいいけねえど。寒いのは、兎《と》に角《かく》いけねえ……」

「うん。気ぃつけるから。だからおっ母あ、そんなに心配すんな」

いつしか母親は息子の手をぎゅうと握り締め、寒いのはいけないと幾度も繰り返し続けた。呟《つぶや》きは静かで、どこか厳かな響きさえある。

また調子が悪いのかと、捨造は母になされるがままに両手を預けていた。微《かす》かに震える母の指に、浮かれた捨造はこの時気づきようがなかった。

捨造が北海道へ渡ると決意してから、準備はとんとん拍子で進んだ。もともと庄屋からは鼻つまみ者扱いの捨造である。引き留める様子を見せたのは、近所で馴染みの農夫と、庄屋の妻である実の祖母ぐらいだった。

捨造は子どもの頃から祖母が渡してくれた小銭を、全て小さな壺《つぼ》に入れ土に埋めていた。この金と、これまで冬場の出稼ぎや内職で爪に火を灯《とも》すようにして貯めてきたささやかな金子《きんす》を合わせれば、なんとか馬が買える。隣の集落でいい馬が買い手を待っている。栗毛で、頑強な脚を持ったいい牝馬《ひんば》だ。こちらまで流れて来た南部馬《なんぶうま》の名馬の血を引いているという。捨造は以前見に行った際、その堂々とした姿にひと目見て惚《ほ》れ込んでいた。

捨造は良い馬と共に北海道へ行くつもりでいた。馬がいれば開拓の助けになるだろうし、荷を運んですぐに駄賃を稼ぐこともできる。現地に渡ってから焦って馬を買うと、とんでもない駄馬を摑《つか》まされる事例があるとも聞いた。それよりは、多少連れていくのに骨が折れたとしても、素性の知れた故郷の馬と運命を共にしたかった。

隣村から馬を手に入れる算段も無事につけ、さて村を出ようという日、捨造は母のもとを訪れた。母はいつもの通り、幼子のように屈託のない微笑みで捨造を迎えた。

母が自分の行動を理解しているのかどうか、捨造には確信が持てなかったが、精一杯胸を張って母に別れを告げる。

「一旗揚げるまでは村さ帰って来る訳にはいかねえな。それまでどうか達者でいてくれ」

「捨造は達者でいるんだべ？」

「そのつもりだあ」

「だなあ」

心配など微塵もなさそうに母は笑う。まるで捨造が隣村に行く程度であるように感じているらしいのが、捨造には心苦しくもどこかほっとするところであった。

母は何か思い出したように奥の文卓にどたどた走っていき、大事そうに何かを捧げ持ってきた。

「これ、持ってお行き。餞別《せんべつ》だあ」

「餞別っちゅうても。これ」

ぐしゃぐしゃになった紙の塊だった。金子のような餞別といえるものでないのは明らかだ。

「あげる。捨造にあげる」

「そうか。ありがとな、おっ母あ。大事にする」

捨造は戸惑いながらも、それを懐に入れて礼を言った。母はやけに嬉しそうに頷いている。

「じゃあ、またねえ」

「うん。いつかな。また。落ち着いたらなるべく早く帰省すっから、おっ母あも元気でなあ」

「うん。元気でねえ」

のんびりと、まるで明日の再会が約束されているかのように捨造は穏やかに見送られた。その調子に合わせてゆっくりと別れを告げ、座敷を後にする。不自然にならないよう、振り返るのは一回だけにした。母はにこにこと機嫌よく微笑んでいる。屈託に囚《とら》われず、楽しいことだけ考えている笑顔。幾度でも見返したくなるのを我慢して、捨造は部屋を去った。

勝手口から庄屋宅を後にしようとした時、捨造を呼び止める声があった。奥から祖母が出てきたのだ。捨造は深く頭を下げた。

「今までまず世話になって」

「体に気ぃつけて、それから、これ」

祖母は駆け寄ると、捨造に何かを握らせた。紙幣の束だった。驚き、少し逡巡《しゅんじゅん》した末に返そうとしたが、祖母は首を横に振った。

「いいから持っていきなさい。私からだけでないから」

祖母一人で用意したような額ではないことに捨造は思い至った。孫である自分を厭って来た祖父の、捨造が知る限り初めての温情であった。冷たい手切れ金でないことは祖母の頰笑みが物語っている。捨造はもう一度深く、頭を下げた。

「よろしく、よろしくお伝えくだせえまし。どうぞお達者で」

そのままの姿勢で、大きく声を張る。屋敷の奥まで届いたかどうかの確信は持てなかったにしても。


村の外れ、隣村との境にあたる木橋で、捨造はもと来た道に向かって深々と頭を下げた。楽しい記憶など数えるほどしかない、自分の過去が詰まった集落。しかしそれも離れる今となっては、人と土地と、そのいずれもに対し感謝の念を抱かずにいられなかった。北海道に渡り、懸命に働き、一旗揚げることができたらその時初めて、自分は胸を張ってここに帰ってこよう。それまではただ黙々と働くべし。捨造はそう考えていた。

しばらく瞑目《めいもく》してから、ようやく捨造は頭を上げ、踵《きびす》を返した。これから隣の集落に寄って、馬を買った家に行かねばならない。立派な体軀《たいく》のあいつを伴って、陸路酒田《さかた》の港まで行くのだ。そこから船でいよいよ北海道へと渡る。恋い焦がれた北の島へと俺は行くのだ。そう思うと、重い旅装束も軽く感じられた。

隣村の馴染みの農家は件《くだん》の馬を軒先に出して待っていてくれた。栗毛がきれいに磨かれてつやつやと光を放っている。明《あけ》三歳の、堂々とした牝馬だ。

「ええ馬だべ」

「ああ、ええ馬だ。こいつが一緒なら俺ぁ津軽《つがる》より寒いとこだって生きてける」

本心だった。捨造が愛《いと》しそうに馬の首を撫でると、馬は新たな主が分かっているかのように顔を擦り付けてきた。農家の親父は愛馬がいい主人を得たことに気を良くしたのか、饒舌《じようぜつ》に語った。

「そりゃそうだべなあ。なんせ、こいつは寒さについては曰くのある血筋だで。北海道でも平気だろ」

「曰く?」

捨造が怪訝《けげん》に問うと、親父はおっと、と口を噤《つぐ》み、それから「いや、なんも悶着の類《たぐい》じゃねえよ」と付け加えた。

「かなり前にな。おめえとこの村人が山で遭難したことがあったんだよ。馬が一緒だったらしいんだけども、馬と一緒にいたから温かかったのか、雪山でひと月だかそこいら生き延びたんだと。この馬はな、そん時一緒にいた馬の血筋に当たんだよ」

「へえ。そりゃ頼もしいな。そんな馬がいてくれれば、俺も心強ぇ」

捨造は両手を伸ばして馬の首を抱いた。温かい。確かにこの温《ぬく》もりがあれば、雪で道を見失っても生きていけそうな気がした。

「北海道だもんな。あっちは骨まで凍っちまうぐらいしんどいらしいから、おっ死ぬんじゃねえぞぉ」

「だなあ。ありがとな」

予定していたよりも少し多めの金子を渡し、捨造は農家を後にした。親父は恐縮したが、このことに関し金を惜しむつもりはなかった。なにせ捨造にとっては惚れ込んだ馬。これからの道行きの相棒なのだから。

馬の綱を引き、捨造は揚々と道を行く。馬は綱をたるませて大人しく捨造の傍を歩き、まるで長年一緒に働いてきたかのように従順だった。捨造は満足する。間もなく峠に入ろうかという山道で、ふと馬のために塩の包みを用意していたのを思い出した。峠越えの前に舐《な》めさせてやろうと懐に手を入れると、先ほど母親からもらった紙の束に指が当たる。捨造はそういえばと思い出して紙を取り出した。ぐしゃぐしゃになった紙を開くと、更に畳んだざら紙の束が出てくる。そこに刻み込むようにして字が綴《つづ》られている。

　これまで捨造が母からもらったことのある手紙はまるで幼子が友達に書いたようなもので、短く、筆致もいとけなかった。捨造は今回もそういったものを想像していた。だが、そこに書かれていたのは手紙というよりはむしろ、確《しっか》りとした記録であった。これを、あの母が。信じられずに捨造は目を見張る。だが達者な字で綴られたそれらは、間違いなく母の筆の癖が見受けられた。

　それは母の、自分の過去についての記録だった。捨造を宿すに至った経緯と、産むまでに経験した事件、あるいは惨事の一部始終であった。それは祖父や村の者達から聞かされてきたようなどこか嘲笑《ちようしよう》を含んだ話ではなく、血肉の通った、父と母と、それから一頭の馬が必死で生きて果てた記録の全てであった。

応　報

遠雷にも似た音がしていた。彼方《かなた》で風がうなっているのだ。高く低く響いては中にいる者を浅い眠りから呼び戻す。

曙光《しょこう》が上部に一文字に走る亀裂から雪洞の内部をわずかに照らし、ようやく朝が訪れたのだと分かった。女はぺたりと地面に座り込んだまま、光にひととき希望に似たものを感じて目を細めた。この雪洞に閉じ込められてから三度目の朝。丸みを帯びた自分の腹を抱えるようにうずくまる。まだ温かい。この温かさがあるうちは自分もお腹の中身も死んではいない。つかの間の現状に心からすがった。

傍らの馬を見やる。四肢を投げだして寝転んでいた若馬は視線に気づき、唇を震わせた。ぶるる、という鼻息は雪に囲まれた空間で奇妙に長く反響する。その音が消える前に、女の深い溜息《ためいき》が重なった。

雪洞に閉じ込められているのは一頭の馬と一人の人間。見事な体軀を持った葦毛《あしげ》の牡馬《ぼば》アオと、若い娘、ミネ。彼らが今いるのは東北の背骨、原生の気配をいまだ濃く残した山の中、雪崩で偶然できた雪の隙間であった。

岩がちで夏さえ難儀する山道を、よりにもよって雪の残るこの時季に一頭と一人で突っ切ろうとしたことが、そもそもの過ちであった。加えて春の訪れが例年より早かったのが災いした。山中の雪は温まった地面から徐々に融《と》けはじめ、時折雪崩となって斜面を崩れ落ちる。特にこの年は山のあちこちで小規模な雪崩が頻発していた。先に雪の山道を通った無謀者達の足跡を頼りに、ミネは急いでアオを走らせた。逃げねば。逃げて、生き延びなければ。かけがえのない腹の子のために。その一心で馬の鬣《たてがみ》を握り締めた。主を背に乗せたアオは期待に添わんと足元の雪を蹴散《けち》らし、肌に汗を浮かべて駆けた。冷たい大気の中にアオの荒い息がいくつも白く残る。

夢中で道を行く彼らは、真冬は固く締まっていた斜面の雪が気温の上昇で弛《ゆる》んできていることに気づきもしない。その結果、大規模な雪の波に巻き込まれることとなった。

それでも獣の本能ゆえか、暴力のごとくに雪の塊が押し寄せる直前、雪崩の前兆である雪のきしんだ音に気づいてアオは暴れた。なだめるために背を降りたミネは、何か異変があるだろうかと周囲を見渡し、そうして山側の斜面、はるか上方からの地響きに気づいた。

無我夢中で、道の傍ら、巨木の根元にある雪の窪《くぼ》へと逃げ込んだ。これが生死を分けた。もし馬上で雪崩に気づけばそのまま無理に走って逃れようとし、結局白い波に呑《の》まれて人馬共に絶命していたことだろう。

逃げた場所は、馬が座り、人が傍らにしゃがみ込むのがやっとの窪みだった。底には黒い土が見えていた。ああ、木の周りの雪がこんなにとけてきた。やっと冬が終わるべな。頭の片隅でミネがそう思った瞬間、雪崩が迫った。身を縮め、片手で自分の腹を、もう片方の手でアオの首をかき抱いて、ミネは覚悟をした。アオの筋肉が緊張したのが分かった。

轟音《ごうおん》と共に雪の波に揉《も》まれ、ミネとアオはひたすら体を縮めて耐えるしかなかった。確かにこの時、人も馬も己の死が迫っていることを悟った。理不尽な死を迎える以上に皮肉な運命が近づいていることには気づかぬままに。

怒濤《どとう》の雪に流されて目も耳もきかず、全身を雪の塊に打たれ、気が付けばミネは雪に囲まれた空間にいた。雪崩で押し流された木と木の隙間、奇跡のように出現した空洞に放り出されていたのだった。むき出しになった斜面に対して丸太が壁と屋根の用を成し、雪の塊が壁となっている。大規模な雪崩であったにもかかわらず、ひとまず雪の衝撃で圧死することは避けられた。とっさに大木の陰に隠れたのが幸いしたのだったた。

ミネは全身をしたたかに打った痛みを感じながらも、まだ生きていることに信じられない思いでいた。腹にもそろそろと手を当ててみるが、痛みはとりあえず感じない。足の間から出血もない。赤子は無事であろうと、ミネは確信にも似た思いで安堵の息をついた。

ふと弾《はじ》かれたように、アオの姿を探した。狭い空間は雪の壁に囲まれ、わずかに上部にできた亀裂から光が射し込んでいる。広さは四畳程度、高さはミネの背の倍もあろうか。目がうっすらとした闇に慣れると、傍らにアオが横たわっているのが分かった。

「アオ、アオ！　生きてたか、起きれ！」

ミネはアオの顔に近づくと、首を軽く叩《たた》いて覚醒《かくせい》を促した。すぐにアオは目を開け、ミネの姿を見て安心したようにぶるると唇を震わせた。

アオの腰から先は雪の壁に埋まっていた。このため立ち上がろうにも動きが取れず、ミネは必死になって両手で雪を掘った。固く締まった雪は素手ではなかなか歯が立たない。指先は感触を無くし、右手中指の爪が剝《は》がれた。それでもミネは懸命に、少しずつアオの下肢を埋める雪を掘った。やがて馬の腰骨あたりまでが露出すると、アオは全身に力を入れて自ら抜け出た。

ミネは異変にすぐ気づいた。右の後肢が、人間の脛《すね》にあたる部分でぽきりと折れている。本来関節ではない部分から先で脚先がぷらりと揺れる。明らかに不吉な揺れ方。

雪に巻き込まれた時に骨が折れたのだ、ミネは直感し、そして愕然《がくぜん》とする。馬が脚を折るということはほぼ死を意味する。人間のように添え木をして治療を試みても、体重が重い馬では残り三本の脚で自重を支えきれず、他の脚も折れて結局死ぬ。寝かせておいてもやはり自重のせいで体の重心が一点に偏り、上皮や内臓に障害が出て死に至る。ミネは村の馬が脚を折った例を幾度か見聞きしているが、大抵は事故のあった時点で馬を楽にしてやっていた。それが最善なのだと皆が言っていた。

今のアオも同じ状況だ。ミネは治療やましてや馬を死なせる術《すべ》を持たない。しかしミネにとっては、それでも、今この時にアオが生きているという事実がかろうじての救いだった。

雪の冷たさで一時麻痺《まひ》していた痛みがぶり返したのか、アオはヒイヒイと悲痛な声を出して暴れた。これ以上狭い雪洞で暴れれば更に脚が折れるか、自分が押し潰《つぶ》されるかもしれない。ミネは暴れる馬の脚を必死で避け、思わず首にすがりついた。

「落ち着け、アオ、落ち着け！　頼むがら！」

喉が張り裂けんばかりに叫び、全身を押し付けるようにして馬を制した。ミネの必死さが伝わったか、アオはやがて体の動きを止めた。腕の中で馬の全身の筋肉が躍動を止めたのを感じると、ミネは堰《せき》を切ったようにわんわんと泣いた。

山近い里で暮らしてきたミネは雪崩の恐ろしさについて幼い頃から嫌というほど聞

かされている。そして実際に目にすることになったこの災禍は想像を超えて恐ろしく、圧死せずに済んだのは奇跡だと感じた。人と馬はしばらく寄り添ったまま、互いの無事をいっとき感謝した。

しかし実際の苦しみはここから始まった。閉じ込められた雪の穴から出ようといくらミネが手で壁を掘り進めようと、更に雪が流れ込むのみ。アオを助け出すために掘った際の壁の厚さとは桁《けた》が違う。狭い雪洞の奥もすぐに雪で行き詰まっていて逃げ場はない。

「助けて。助けて、誰か、誰でもいい、誰か！」

ミネは叫ぶ。尋常ならざる環境で、さらに錯乱した主の様子にアオも怯《おび》え嘶《いなな》いた。しかし声はすべて雪にむなしく反響し、やがて吸い込まれるように消えていった。固い雪の壁を叩いても、外部に伝わっていると思えるほどの音は出ない。あらゆる音が雪によって圧死している。

途方に暮れてミネは座り込む。その耳のあたりにアオが息を吹きかけ、多少生臭い匂いと温かい息がミネの混乱をわずかに鎮めた。ミネはひとつ大きく息を吸い込み、できる限り冷静に状況を考えてみる。

……ここから自力で出られる術はない。完全な遭難だ。しかも、外部から助けが来る見込みはまるでない。ただでさえ山の斜面の雪は春が来てもしつこく残るうえ、雪崩で押し固められたこの雪の壁だ。自然にとけ去るまでは二週間か、それとも一か月か。

自分達に不利な条件もできるだけ冷静に考えていくようにする。まず、食料はない。アオにとっても、自分にとっても。妊婦の身では常よりも意識的に食べる量を増やし腹の赤子を養わなければならない。それが叶《かな》わないというのは、今後どれだけ腹の子に影響があることだろう。または、何日食べなければその影響が出始めるのだろう。初産であるうえ、このような閉塞《へいそく》した場所に閉じ込められるなど微塵も想像したことのないミネにとっては、ただただ不安でしかない。

水分だけは、壁となっている雪を舐めればなんとか摂《と》ることができるだろうか。皮肉なことに、自分達を閉じ込めている檻そのものが自分達の命をかろうじて繋ぎとめている。

そして、肉体の条件と周囲の環境について考える。産み月は来月とはいえ、身重のミネにとってはこの環境はどうやら最悪といって良いだろう。この雪洞の中は凍死しない程度には温かいようだが、快適からはほど遠い。

空気は十分あるようだった。馬の体臭がむわりとたちこめてはいるが、息苦しいと感じることはない。はるか上部に奇跡的に走る亀裂が、通気孔の役割をしているようだ。

結局、食べ物がないのが腹の子と自分には一番悪かろうという結論に至った。脚が折れたアオにしても、骨折ですぐに命がどうこうという心配はないのだろうが、いつか確実な死が約束されている。仮にこの雪洞から生きて出られたとしても、二度とともに立つことはできず、最悪の場合、横臥《おうが》のために全身を損ない、苦痛の中で死に至るかもしれない。

待つしかない。ミネは腹を決めた。いかに辛かろうと、それしか残された選択肢はなかった。自分達を追っている集落の男衆はこの山まで探しに入っているだろうか。もし彼らに見つけられたとして、それは本来望ましいことでもないが、少なくともこんな雪の中で死んでいくよりはましだ。

彼らでなくても、家族の者か誰かが探しに来てくれるかもしれない。山鳥を撃ちに来た猟師が偶然見つけてくれるかもしれない。そうだ、そうしたら村の者に知られないまま、どこか別の集落に逃げおおせることもできる……。可能性の低い仮定にさえも希望を託して、ミネは努めて心穏やかに、体力を消耗せぬようただ待つことに決めた。決めざるを得ない。絶望の中で無駄にあがき命を縮めることだけはできなかった。腹の子のためにも。自分は母になるのだという執念にも似た希望だけが、今のミネを支えていた。

まずは二日間が過ぎる。昼と夜の違いぐらいは亀裂から入ってくる光で把握できたが、細かな時間の推移はまるで分からない。先ほど自分の腹が空腹で捩《よじ》れてから何時間たったのか。あるいは少しも経過していないのか。自分の時間感覚がどんどん曖昧《あいまい》になっていく。それでも漏れ入る光で、ぼんやり中の様子がわかるだけありがたい。

アオは閉じ込められた当初こそ興奮していたが、今は大分落ち着いて座り込んでいる。時折、喉の渇きを潤すために雪の壁に歯をたてて齧《かじ》った。ミネも喉が渇いてくると真似をした。ミネとアオの体温によって温められた空気によってわずかに溶けかけているのか、雪の粒子は粗い。じゃりじゃりとした粒が口の中でしつこく残った。かろうじて喉は潤うが、口の中が冷えていけない。

「あんたも体温、下がるべ」

アオが雪を食べるたびにミネはアオの頰や首筋をごしごし撫でてやる。これで温めてやれているとは思わないが、互いの心細さを埋めるには丁度よかった。アオもされるがまま鼻を鳴らして、もっと撫でろとねだるように首の反対側も差し出してくる。ミネはそちら側もさすってやって、やがて疲れ座り込むとアオの大きな体にもたれかかった。綿入れ越しに、人間よりは高いアオの体温がゆっくりと背中に染み入ってくる。こうしていると、絶え間なく湧き上がる不安も少し和らいでいくようだった。

「私だけでなくてよがった。あんたが一緒でよがった」

もしも独りこのような状況に陥っていたら、微塵も冷静ではいられなかったろう。

逃げることもできない雪の穴の中に自分だけ、しかも身重の身で、いつ来るともしれない助けを待つだなど考えただけで恐ろしい。だが、アオと一緒ならば寄り添って暖をとることもできる。なにより自分以外の生き物が傍にいてくれるということはひどく心強い。それがたとえ馬であろうと。

しかしもしも。もしできることなら。アオではなく吉治《きちじ》が一緒であったなら、不安はもっと和らいだろう。ミネは心の痛みと共に思い返す。アオの本当の主はミネではない。吉治だ。腹の子の父親である。今は亡き、正しくは村衆の皆に殴り殺されたであろう、ミネが生涯ただ一人と思い定めた男。

背中をアオに預け、ミネは自分の腹に両の掌を当てた。目を閉じると指先により感覚が集まっていく。腹の子が動くのを感じる。それだけで、不安の中で針一本分の光が差したように思える。か細い、だが絶対の満足。吉治が与えてくれたもの。その温かさに縋《すが》り、ミネの脳裏は記憶を辿《たど》っていく。

吉治の姿を思い描く。自分が一番好きだった吉治の姿を。彼は陽光の中でアオの綱を引き、ミネに笑いかけていた。

「ええ馬だべ。おらの自慢だ。たった一つの自慢だ」

吉治はよくそう言っていた。彼はアオと一緒のときはいつもより誇らしい様子だった。けっして物持ちとはいえない生活の中で、薄汚れたぼろを着ていても、アオの手綱を引いて畦道を歩く吉治はぴしりと背筋が伸びて、田んぼで作業中の者までが腰を起こして馬とその主に魅入《みい》ったものだった。そうだ、アオと一緒にいる時の吉治の姿が、ミネはいっとう好きなのだった。

＊

ミネは庄屋の娘である。いずれ親に決められた婿を迎えて家を継いでいくものと、生まれ落ちた時から決められていた。甘やかされて気の強いところはあったが、強権的な父親の決めたことに抗《あらが》うほどの無謀さはなかった。

対して吉治は小作農家で、早くに両親を亡くしてから独り細々と生活してきた、優しい男だった。思慮深く頭の血の巡りも良いが、いかんせん子どもの頃から気が弱い。家の貧乏さを人に馬鹿にされ、物思うことも周囲によく言えぬまま、ただ馬の世話だけは上手で村の者達から当てにされていた。

吉治は人の馬の面倒も任されていたが、自分がただ一頭所有するアオは特に大事にしていた。感《かま》けたといってもいい。常に良い草を食《は》ませ、アオのためだけに畑の一角に燕麦《えんばく》をまき、冬の干し草も十分以上に用意した。愛情に応え、アオは従順で立派な馬へと成長した。そうして吉治はますますアオを大事に扱った。

蹄鉄《ていてつ》は必ず年に二回新調した。いつも美しく毛並みを整え、頻繁に小川まで連れていっては体を洗ってやった。農耕馬として本来の働きをした後は、特に念入りに。

ミネと吉治が出会ったのは、吉治が川でアオを洗っている時だった。夏の暑い午後で、吉治は野良着の裾《すそ》をからげて荒縄の切れ端を手に、アオの体をごしごしと擦ってやっていた。アオは太い首を上に伸ばして目を細めた。縄をかけている訳でもないのに浅瀬に立って逃げることもなく、主に体を預けている。その信頼に応えるように、吉治は汗だくになって愛馬を洗っていた。

裁縫の手習いから帰る道すがらにその様子を見たミネは、その光景に釘付《くぎづ》けになる。この頃ミネの生活は閉塞していた。広いが閉じられた家の中で、絶対の力を持った父親に支配された暮らし。見えない檻。たまの癇癪《かんしゃく》や我儘《わがまま》さえ、自分が許される範疇《はんちゅう》を無意識に測るようにさえなった。定められた将来を、ただ受け入れるしかないと思っていた。

しかし今目の前にいる若者はどうだ。夏の強い陽射しを反射して、川面《かわも》と吉治の汗、そしてアオの濡れた体毛が光っていた。この美しさ、この自由さ、この力強さ。何一つとしてミネが手に入れられず、しかし羨望《せんぼう》を極めるもの。

ミネは暑さも相まって頭がくらくらとし、正常にものを考える力が削《そ》がれていった。この青年と馬との光景に、体が内側から熱せられる。耳に蝉の声が煩《うるさ》い。ミネはふらふらと川辺に近づき、吉治に向かって手拭《てぬぐ》いを差し出した。

「あ、せ」

汗を拭かれては。そう発音したつもりだったのに、舌が固い。出て来ない言葉にますます口の中が乾いていくのを感じる。吉治は手拭いを受け取りながら、にかりと笑った。

「水な」

馬の首をぱん、と吉治は叩いた。濡れた馬の肌から軽く滴が飛ぶ。

「水、あるから飲めやあ」

今日は暑いなあ、と呑気《のんき》に言いながら、吉治は少し離れた岸辺へ竹筒を取りに行った。どうやら暑さで喉が乾いていると思われたらしい。誤解を解こうか、ミネがそのまま佇《たたず》んでいると、ふいにアオが首を曲げる。ミネの顔に鼻息が吹きかかるほどに顔を近づけてきた。水に濡れた馬の体臭が強く匂う。そのまま、ミネの顔から目と鼻の距離で上唇をめくってヒヒヒ、と嘶いた。

「ひゃあ!」

「こら、アオ」

竹筒を手に戻った吉治が、馬の下顎に手を伸ばして制止する。

「すまねえな。咬《か》まねえんだけども、どうにも女の人が珍しいみてえで」

吉治がたしなめるように頬をぺしりと叩くと、アオはふんと大きな息を吐いて下を向いた。そのままごくごくと足元を流れる水を飲む。倣うように、ミネも手渡された竹筒から水を口に含んだ。吉治は渡された手拭いで額の汗を気持ちよさそうに拭っている。水面と彼らの汗とが、傾きかけた太陽の光を反射し続けていた。

あの日あの午後、ミネは完全に男と馬に眩《くら》んでいた。

そうして、ミネと吉治は出会ってから程なくして深い仲になった。しかし親や親族はもちろんのこと、村衆にも許される関係ではない。いずれ終わりにしなければならないと分かっていながら、二人は互いに感《かま》けた。

ミネが自分の懐胎に気づいたのは秋、稲の刈り入れの頃だった。庄屋の娘とはいえ律儀に村の手伝いに出ていたミネは、疲れとは明らかに異なる体の異変とその意味に気づき、同時に決意した。何があっても産むのだと、若さ故の無謀をむしろ味方として。

体に無理をかけて密かに子を流し、吉治との関係を清算して何事もなかったことにすることもできた。しかしミネはその選択を自ら消去した。宿った者から命令されるような、それは不思議に強固な決意であった。

吉治はミネに自分の子が宿ったと知り、一瞬、怯えた。しかしすぐに胸を張り、村を出ようと言ってくれた。身寄りのない自分はいい。しかしミネは何もかもを捨てることになる。それでも良いのかと彼女は問われた。

「構わねえ。吉《きっ》つぁんとこの子と、それからアオと。それだげしか要らね」

歪みや惑いというものが微塵もない回答だった。

「分かった。せば、何としても逃げて、ミネさんと、おらと、ややと、アオとで生き延びんべ。絶対におらが、おらが守るでな」

そう吉治は固く宣言した。何としても皆で生きていこうと。

その言葉にミネは頷いた。体調が思わしくないため、ある程度になるまで周囲に腹の子のことは隠し通し、安定したら二人手に手をとって村を出ようと意思を固めた。

その日からミネはひたすら食った。悪阻《つわり》がないのをこれ幸いとばかりに、収穫間もない米や、たわわに実った柿を頬張った。これまでは獣臭いと嫌っていた牡丹肉《ぼたんにく》でさえも満腹になるまで食った。

「食の細いミネが急に大食らいになった」と家の者は驚いた。だがミネがにっこりと、「秋になって急に何もかもが美味《おい》しく感じられるようになった」と笑うのでむしろ安心した。そうしてミネは順調に肥えた。体は丸みを帯び、胴回りは太く。肌は内側から弾けんばかりに艶《つや》やかに。そして、産み月が近づいて膨らみ始めた腹を誰にも気取《けど》られることはなかった。

大晦日《おおみそか》、そして正月。誰もが慌ただしさとめでたさで浮かれる最中《さなか》に、吉治とミネ、そしてアオは村から姿を消した。

二人の失踪に最も驚愕したのはミネの父親だった。村の者達に訊き回り、吉治と彼の愛馬がどこにもいないことを知った。そして夏にアオが山の炭焼小屋へと続く道に繋がれているのを頻繁に見かけたという話を聞きつける。小屋は森の奥にあり、炭焼きは村では冬の仕事とされているため夏に訪れる者は少ない。

ミネと吉治の失踪《しっそう》、そして彼女の過食と肥満の理由とが結びつき、不在のままに二人の企《たくら》みは露見した。ミネの父親の衝撃はそのまま怒りへと変換された。

三が日も終わって間もない中、村の男達が庄屋宅に呼び出された。はて、新年の挨拶は済んでいるのに、と不思議がる男達の前で父親は憤怒を隠さず説明した。そして断固として命じる。

「草の根を分けても二人を探し出せ。見つけた者の家は今年の地代を免除する」

これを聞いた村衆は文字通り目の色を変えた。

父親の怒りは深かった。娘に手を出した小作農の貧乏男と、そんな男相手に一時の火遊びならまだしも子まで宿した娘に対して。

「家の道理を外れた娘には相応の罰を与えねば。無論、男にはそれ以上の咎めを」

父としての怒りと庄屋の顔に泥を塗られた恥辱とで我を忘れた。

命令を受けた男衆は近隣の村々や街道を探し、村に立ち寄る行商人に訊き回って、二人の行方を追った。金子に困って馬が売られた形跡はないか、アオの姿も探し回られた。しかし村衆の努力にもかかわらず二人の行方はなお知れない。

その頃、吉治とミネは村からかなり北へ離れた集落に落ちついていた。小さなあばら家で、吉治がアオを使って冬場の木の伐《き》り出しをすることによって糊口を凌いでいた。

一方、懸命な捜索から二か月が過ぎた頃、見つからない苛立《いらだ》ちから男達は更に血気に逸《はや》る。女達に、家出人探しなどせず冬の家仕事をやるよう責められ彼らの苛立ちは増す。もはや地代云々《うんぬん》を除いても、意地が先走っていた。

いつしかミネの父親が与《あずか》り知らぬ間に、彼らの間でもう一つの条件が勝手に付け加えられていく。見つけ出し、どうしても戻らぬというのであれば殺してしまえ。捜索は春が近づいて熱をいや増した。そろそろ腹の子が産み月に近いだろうという段になって、とうとう二人は発見された。立派な馬がいる新参者の家で、産婆を探す妊婦がいるという情報が決め手だった。

村で特に血の気の多い男三名が二人のもとを訪れた。吉治とミネのささやかな生活は、男衆が戸を叩き壊す音と怒号によって破られた。

「いたぞ、ここだあっ！」

「二人とも家ん中、おるぞ！」

村からの追手、かつての隣人達だとミネと吉治はすぐに分かったが、目が、明らかに二人の知る彼らのそれと違う。無駄とも思える追跡を重ね、疲弊とともに失踪者への憎しみを具えていた。彼らは各々の手に鎌や欅《けやき》の棒を携え、血管の浮き出た手で握り締めている。

連れ戻される、引き裂かれる、ではない。殺される。

二人はすぐにそう悟った。特に吉治は、男の自分は間違いなく殺《あや》められると直感した。ミネにしても、庄屋の娘である手前、殺されることはないと思われるが、なにせ身重の体だ。抗えば腹の子に何があるか分からない。吉治とミネは全身を凍らせながら、一瞬の間に最善の道を探った。

あばら家の出口は大きな体で塞《ふさ》がれ逃げることはできない。吉治の決断は速かった。謝罪や言い訳を口にする前に、三人の中で最も体格のいい男に摑《つか》みかかった。怯えて立ちすくむミネに「逃げれ！」と鋭く声をかけながら。

ミネの反応は遅れた。追跡者の殺気は十分に分かる。さほど体が大きい訳でもない吉治が身を挺《てい》した意味も理解できる。しかし言われたままに一人逃げ出すことなど考えられなかった。

「離れろ、おらぁ！」

「首い、へし折ってしまえ！」

「させねぇ！　ミネに手ぇ、絶対、出させねぇ！」

吉治はすぐに投げ飛ばされるかと思いきや、必死で男の懐にむしゃぶりついて更に声を上げる。

「逃げれっ！　生き延びれ！　絶対にっ！」

これほど吉治が声を荒らげたのをミネは初めて聞いた。断固下された命令によって、身重の体ではあるが両足に力が注がれた。吉治がもう一人の男に鎌の柄で頭を殴られる音がした。ミネの視界にぱっと散った血の赤が映り込む。危急を感じた体が戸口へと走り出した。吉治が男二人に摑みかかられている。一瞬、その瞳《ひとみ》が走り出したミネの姿を映して細められた。

それでいい。逃げて、産め。

込められた感情を十全に感じ取って、ミネは外へと飛び出した。泣きたくもないのに涙が勝手に流れ落ちる。目の前の景色が揺らいで歪む。それでも立ち止まらず、あばら家の裏に向かって駆けた。

残った一人の男がミネの遁走《とんそう》に気づいて追って来る。吉治の三軒隣の家の長男坊だ。棒を手ににやにやと、わざとゆっくり歩いてミネを追い詰めにかかった。嫌な目だった。すでにミネを手中にしたつもりでいる。たかが女の、しかも身重の足だ。どれだけ逃げたとしても、速さも体力も男の自分とは比べようがないという自信に満ちていた。ミネが家の裏へと駆け込んだ後を追い、家の角を曲がった。

その瞬間、男の目の前で風が吹く。鼻先を強烈な風が掠《かす》めていった。

「なんだあっ」

男はその場にたやすく倒れ、やがて落ち着いて今の突風が何であったのかを認識する。馬だ。女を乗せた馬が、目の前を走り抜けていったのだ。

理解するまでのたった一秒、その間にアオはすでに男の手が届きようもない場所まで跳躍している。男が馬に向き直った時には、すでに風になびく尾しか見えなかった。女が首に抱き付くようにして跨《またが》っている。蹴り上げた雪が泥と混じって追跡者の顔にべちゃりとかかった。

吉治が馬を持っていたことを男は思い出し、慌てて立ち上がる。馬を追おうとする。しかし吉治が手塩にかけて育てたアオだ。ひとたび走れば兎にも追いつくあのアオだ。人ひとりの足が敵《かな》うはずもない。四つの蹄《ひづめ》が力強く地を蹴る音と共に、馬と馬上の人影はすぐに小さくなって消え果てた。

「馬鹿ったれが！　この……クソったれぇ！」

当惑したような怒声は、風のように去るミネの耳にはなにひとつ届くことはなかった。

ミネは乗馬の技術を持たない。そもそも各時代の権力者から騎乗を許されていたのは武士であって、農民は使役をしても本来馬には乗らない。だが密かに、馬に乗ることを試す人間もおり、吉治も農作業を終えて時折、暗闇を裸馬に跨って家に帰っていた。ミネも吉治と共にアオの背に跨ったことはあったが、身重の自分一人で、しかも裸馬に乗るなど彼女にとっては恐怖そのものだった。

しかし今は非常である。家を飛び出したあの時、無我夢中でアオの綱を解いて傍にあった木箱に乗り、その背によじ登った。アオは驚かなかった。壁を隔てた家の中で尋常ならざる事態が起きていることを肌で感じ取っていたのか、すぐに走り出せるよう力が筋肉に満ちていた。そして目の前に現れた主人の伴侶《はんりょ》に騎乗を許した。

ミネはただ全力でアオの豊かな鬣にしがみついていた。今まで体験したことのない速さで、両脇の景色が文字通り瞬く間に流れ去っていく。雪解け近いとはいえ未だ春は遠く、冷たい向かい風がミネに容赦なく叩きつける。目を開いていると眼球が乾いた。ミネは固く両目を閉じ、振り落とされないよう更に強くアオにしがみついた。

逃げろ。逃げろ。逃げて絶対に生き延びろ。

ミネは最後に耳にした吉治の声を脳裏に再び蘇らせる。

生き延びろ。生き延びろ。耳を掠める風の音に勝って、吉治の命令が頭の中で反響する。響き、反射し、そうして彼が口にはしなかった、しかし絶対の願いが付け加えられる。

そして産め。

ミネは両腕で馬にしがみついている中で、自分の腹を強く意識した。ここにいるのだ。産まねばならないのだ。いつしか吉治の声となってミネの耳へと響いた。俺達の子を産め。アオと逃げ、絶対に産み落とすのだ、と。

ミネは感じ取っている。現実の吉治は今どのような状況にあるのかを。もはや生きてはいまい。自分を逃がした吉治は、恐らくは三人の憎悪を一身に受け、そして殺されたろう。確かにそう感じると、不思議に頭に響く吉治の声は大きくなる。生きて、産め。

「わがった。産む。産むから、吉つぁん」

空気が薄くなっているのではないかと思えるほど苛烈《かれつ》に風が吹き付ける馬上で、ミネはぎゅうと目を閉じ呟いた。ごめんね。産むから。生きるから。ごめん。繰り返し繰り返し、いつしか経のように彼岸に渡るであろう伴侶へと唱える。

そのうちに、アオは人里を遠く離れて山麓《さんろく》まで来た。山道の入り口でようやく足を止め、首を振りながら空を仰ぐ。荒い息で周囲の空気が真っ白く濁った。ミネはようやく馬の背から降りた。両足に渾身《こんしん》の力を込めてまたがっていたため、太腿《ふともも》の力が抜けてしばらく立ち上がれない。ミネは腹をかばうようにしてしゃがみ込んだ。内側から軽く、叩かれるような感触がある。安堵に力が抜けていった。

追手はなかった。今来た道を遥《はる》か遠く眺めても、追ってくる馬も人もいない。当然だ。このアオが全力で長時間走ったのだから、追いつける人も馬もいない。しかしミネが逃げたという事実があれば、いずれまた追手が差し向けられるだろう。逃げ続けなければならない現実は変わらなかった。

幸い、今目の前にある峠を越えれば大きな集落があるはずだ。ひとまずそこで態勢を整え、更に山を越えれば庄内《しょうない》へと抜ける。そこまで行けば父の追手が来る可能性も低くなるだろう。体に力が戻るまでの間、ミネは自分がとるべき道を算段する。合間にちらちらと、吉治を失った現実が全身を冷やすようにして蘇る。漏れ出そうになる嗚咽をこらえながら、ミネは首を振った。嘆くのも悲しむのも、腹の子を無事に産み落としてからだ。母親としての強さがミネに前を向かせた。

ひとまずこの山を越えなければ。見たところ、山道には何名か分の足跡がついている。先人がいるのなら冬の山越えは不可能ではないはずだ。ましてや自分にはアオがいる。陽が沈む前に、山を越えて向こうの集落に着かねば。それからのことはその時に考える。

今すべきことを決意し、ミネは立ち上がる。傍らで気遣わしげに新たな主を見下ろしていたアオが首を上げて応じる。

「行くべ」

アオが後肢のみ器用に折る。低くなった背にミネが跨ると、脚を伸ばして立ち上がった。吉治が仕込んでいた所作だった。ミネは手を伸ばしてアオの首を撫でる。うっすらと汗を帯びた肌が熱かった。

「賢いなあ、あんたは。さあ行くべ。吉つぁんはもういねえけんじょ、生きねばな。私とあんた。必ず、生きねば……」

ぶるっ、とアオは鼻を鳴らした。新たな主に仕えねばならぬことを理解しているふうだった。堂々とした立位から脚を出し、山道へと入る。ミネもアオも、哀しみを抱えながらも、この一歩が自分達の新たな道行きになるのだと信じていた。

この直後、馬とミネは残酷な運命に足をとられ、雪崩に巻き込まれたのだった。

彼岸

物思いから戻り、ミネは顔を上げる。目の前には雪の壁だ。まだ忌まわしい現実を生きていた。ゆっくりと白い悪意に縊《くび》られているかのように、いずれ確実な死が迫っているという現実だ。無遠慮に響いた腹の音を聞きながら、ミネは大きく息を吐いた。

応報、という言葉がミネの頭をよぎる。自分と吉治のとった道は間違っていたのか。今自分がここにいるのは過ちに対する罰なのか。だとすればどうすれば良かったのか？　出奔などせずに何としても吉治との仲を許して貰《もら》えば良かったのか。自分だけ逃げださずに吉治と運命を共にすれば良かったのか。

それとも、そもそも吉治と一緒にならなければ。そうすれば何もかも順調に、自分は温かい幸せな人生を生き続けられたとでもいうのか。

後悔が全くないわけではない。どこかの時点で何か違う道を行けば、こんな最悪の状況にならずに済んだのかもしれない。しかしミネはどうしても、完全に絶望することができなかった。自分と吉治のこれまでの選択は全て全身全霊をもって決めてきたことであり、結果がどうあろうと、その懸命さを今さら否定などしたくはなかった。

それに多くの物事が往々にしてそうであるように、何かを変えようにも全ては遅すぎた。吉治は乱暴な男共の手にかかり、ミネとアオは腹の子を道連れにして雪に閉ざされ、もはやどこにも行けない。

膝《ひざ》を抱えてミネは泣いた。自らが胎児であるかのように体を丸くして泣き続けた。喉を引き絞り、腹の底から声を上げて、全力で泣いた。全ての行き止まりに辿りつい た気がしていた。

地を震わせるような泣き声に驚きアオが首を上げる。ミネはそれも構わず泣き続ける。体力を消耗しようがもう構わなかった。

撓《たわ》み、捻《ね》じ曲げられていくのは音だけではなかった。薄暗い中で、時間の感覚は狂っていった。夜と昼との違いこそ明らかだが、ミネが泣くことにも飽きてまどろめば、今が明け方間もない朝なのか、それとも夕暮れ前の午後なのか、違いが分からなくなってきた。思考の時間にしても、長大な後悔について挑んで考え続け、それが数分の閃《ひらめ》きなのか数時間の思索だったのか、もはや判別がつかなくなるのであった。

時間が経過し、やがてミネは座っているよりも寝そべっている時間の方が長くなった。不安ばかりが倍加する。脱力し投げ出された細い腕にアオは顔を寄せ、柔らかい唇でミネの指先をくすぐる。

「腹ぁ」

声を出したのは久しぶりのように思えた。聞き慣れたミネの声に反応して、寝ていたアオの耳がぴんと立った。

「減ったべ。私もだ」

返事をするようにぶるると息を吐き、アオは長い面を伏せて目を閉じた。閉じ込められて二日目に、ミネは帯をほぐしてアオに食わせていた。それ以降アオは何も口にしていない。ふと思い立ち、懐に仕舞ってあった小刀を手にとった。実家を飛び出た時に、思いついて携えたものだった。いざという時は吉治と共に、という気持ちが自分の心の奥にあったのかもしれない。結局、想定した用途に使われることはなかったのだが。

「アオ。ちょっとの間だから、辛抱してな。ごめんな」

ミネは馬の首をひと撫でするると、おもむろにアオの鬣を掴んで根元に刃《やいば》を当てた。

「何もないよりはましだべ」

力を入れながら存外硬い鬣を切り取る。片手に一摑みたまったところで、ミネは毛束をアオの鼻先に近づけてみた。アオはふんふんと匂いを嗅ぎ、これが自分の体の一部であったことを認めたのだろうか、毛繕いをする時のように毛束を唇で軽く挟んだ。本来ならば身繕いの真似事をするのみで口を放すだろう。

しかし空腹がアオの感覚を麻痺させたのか、口に入れたその繊維を、まるで飼い葉のように咀嚼《そしやく》し始めた。ごりごりと、馬の巨大な臼歯《きゆうし》が動く音が雪洞に響く。なかなか噛《か》みきれないのか、その音は随分長く続いた。やっと口中の毛がなくなると、アオはもっと食べたいと要求して唇を動かした。

「自分の毛ぇ、おいしいってか。こんなきれいな鬣、切りたくねえけど。切りたくねえけんど」

風に長くたなびいて美しい、吉治が自慢するアオの鬣だった。ミネは眉根《まゆね》を寄せ、致し方ないと残りの鬣を全て刈り取った。それらを少しずつアオに与えて食料の代わりにした。一日も経たないうちにアオは鬣も尾毛も全て自分の腹に収め、いっとき機嫌よく横たわり四肢を伸ばした。見た目はすっかりみすぼらしくなったが、少しなりともアオの飢えを満たしてやれてミネはほっと息を吐いた。

それから沈黙の夜と昼とが繰り返された。ミネは頭がぼうっとして日の経過さえ数えていられなくなる。餓えはいよいよもって深刻となる。空腹はやがて耐えがたい痛みへと転化してミネ達を襲った。まずは引き絞られた胃の腑《ふ》から。それから、栄養を失った肉体のあちこちで筋肉が悲鳴を上げる。腹の子に影響はないか。ミネは自分の体よりもまず先にそれが気にかかった。自分は死んでも赤子だけは生きていて欲しい。実際には母体ありきの胎児ではあるが、ミネはひたすら腹の子を案じ続けた。少しでもこの子に栄養を。生き延びる道を。そればかり考えた。

ミネはかろうじて伸びていく自分の爪を噛んだ。血が出る寸前のところまで噛み切り、口の中でいつまでも飲み込まずぐちゃぐちゃ咀嚼する。何も口にしていないのに、爪は勝手に伸びるものなんだなあとミネは妙なところで感心していた。その目はすでに胡乱《うろん》だ。

ミネはもはやよく力の入らない両手で小刀を持つと、アオの後肢に近づく。痩《や》せたとはいえ未だ隆々とした筋肉を有した、その腿から尻《しり》にかけての豊かな膨らみをじっと見ている。

こんなに。こんなにあるのだから、少しぐらいは。

正気は失われていた。馬を傷つけるという明確な意図もないままに、ただ、ぶるぶる震える手で刃物を馬の体にめり込ませようとする。アオは抵抗しなかった。ただ窪んだ眼窩《がんか》の向こうからじっと、澄んだ目でミネが自分の尻に刃を突き立てんとする光景を眺めているだけだった。刃物が皮に触れようとしたその瞬間、ミネはその視線に気づいた。はっと息を呑み、刃を取り落とす。

「すまねえ。すまねえ、アオ、許してくれ。すまねえ……」

震えたままの腕でミネはアオに縋りついた。自分の脳裏を支配していた考えは一瞬で焼け果てた。

自分は。自分は今、一体何をしようとした？　アオを傷つけようと、よりにもよってアオを食おうとしたのか？

あるまじきこと。あるまじき錯乱だ。馬の肉を、よりにもよって恩あるアオの肉を食おうだなどと。ミネはなかば無意識だったとはいえ自分の所業に慄《おのの》いた。馬の首を抱きしめてぶんぶんと首を振り、努めて否定した。

食べる訳がない。自分が飢えても子が飢えても、何があってもアオのことを食べたりなんてしない。吉治が大事にした、自分を助けてくれた馬を食べようだなんて、そんなこと、私は絶対にしない。ミネは強くアオの首に縋りつき、いつしか疲れ伏して気を失った。

その儚《はかな》い眠りも明確な痛みを伴って分断される。

まず悲鳴が口を突いて出た。何が起きているのかを認識する前に、ぎいい、という自分の絶叫が雪洞に反響するのを聞いた。次いで、後頭部に猛烈な痛み。あるいは火傷のような熱さ。

反射的にその箇所に手を伸ばし、指を覆うぬるりとした感触に驚く。そして、掌にべっとりとへばり付いた液体によって意識は完全に現実へと引き戻される。

物理的な頭皮の痛み。そこから流れているらしき自分の血。ミネは訳も分からぬままに、全身を震わせて掌を伝う鮮血を眺める。かすかに湯気さえ立っている温かい紅色の中に、所々、自分の毛髪がこびりついていた。

まさか、と声が出ないまま口だけがぱくぱくと動く。予感を抱いて近くで座っているはずのアオの方へと振り返ると、口の端から黒々とした髪ひと房をはみ出させ、ミネの髪を咀嚼していた。ごりごりと小さく音を立て、まるで草を食べているように、端に頭皮のかけらと血がこびりついたそのひと房を。

ミネは凍り付いたようにその姿を凝視した。アオが食べた。自分を食べた。

アオにしてみれば、ミネによって草代わりとして毛を食い空腹を満たす手段を覚えたのだった。そして自分の鬣や尾がなくなったために手近にいたミネの髪を食んだ。ただそれだけだった。

しかしミネにそれを酌む余裕があるはずもない。自分はいくら腹が減ってもアオを食うことだけはしないと決めたのに。どうしてアオは自分を、身重のこの私の髪の毛を、頭皮ごと食うだなんて。

アオを茫然《ぼうぜん》と見ていたミネの手がわなわなと震え始める。身を寄せ合ったこの状況下で、裏切られたのだという気持ちと痛みが相乗してただ頭に血が上る。

「この……このっ、この、やろうっ！」

怒りに駆られてとっさに小刀を握り、馬の鼻先で真横に走らせる。アオは慌てて首を起こした。それでも口から髪の房を放さないでいる様子に、ミネは激昂《げっこう》する。さらに二度三度と斬りかかった。

馬の肩あたりに真一文字の傷がつく。それほど深くはなかったのに加えてアオの衰弱も激しいためか、過剰に暴れることもせずにアオは大人しくしていた。もはや弱ったその目に怯えはなく、脱水症状が進んでいるせいで眼窩が異常に抉《えぐ》れていた。

できたばかりの傷から一瞬遅れて、ぷくり、ぷくりと血の球が毛の間に留まった。ミネは荒い息を収めぬまま、それを見ている。頭皮ごと髪を抜かれた自分の痛みに加え、アオの血が視界に入り、身動きできずにいる。

やがてミネは舌を伸ばしてアオの傷に触れた。舐める。塩気を感じる。そして生臭さも。

舌先でなかなか溶けずに粘っこく思えるのは、馬の脱水のせいだろうか。けっして旨《うま》いものではないのに、ミネはなかば陶酔したように二度、三度と傷口を舐めて血を飲み下し続けた。やがて飲んだ馬の血に相当する以上の涙を流して、その場にくずおれる。途方もない疲労を感じてミネは眠った。畜生。畜生。畜生だ、この馬も私も。ただ生きるために生き、その手段を選ばない畜生だ。朝も夜も眠り続け、そしてこのままどうか死んでしまえ。思考の端で、自らをそう呪った。

眠りのただ中でふと、額を撫でる涼やかな風を感じる。次いで、横たわる体を包む穏やかな陽光。鼻先に蝿が一匹止まり、なかば無意識のうちに顔を振ってそれを追いやる。同時に鼻に流れ込む青草の匂い。体の下にも青草の新芽が広がっているのか、やけに柔らかに感じた。傍らには吉治が大の字になり、実に穏やかな顔で眠っていた。平穏に過ぎる、春の光景。かつて自分とアオに刻まれた草原の記憶。

夢の中でミネはゆるやかに立ち上がり、空腹を感じる前に習慣のように足元の草を食む。夢の中で記憶をさかのぼると同時に、主体が馬へと変化していた。アオの目線で、ミネは過去を辿っていた。

瑞々《みずみず》しい草を食べる。アオは言葉を持たない。だから好む草を名前で呼ぶ必要を感じない。ただ、自分の記憶と五感を頼りに草を選別して腹を満たす。あの三枚葉は柔らかい。あの白い花はほのかに甘い。あの真っ直ぐな草は腹もちがいい。それぞれの青臭い味を感じながら、咀嚼する。胃に収める。満足を感じる。為《な》されるべきことが為されているのだという充足。それが、馬となったミネの心を余さず満たす。

「ホレ。もう、帰るどぉ」

振り返ると吉治が起き上がっていた。耳に声がどこまでも甘い。ミネにとっての心地よさなのか、それともアオの主人に対する敬愛が理由なのか、分からなかった。ただ心地よい。この草原でまどろみ、吉治の傍にいることが、ただただ気持ち良い。

吉治に綱を引かれて畦道を辿る。十分に草を食べたためか馬の腹は多少横に広がり重いが、上機嫌だった。腹は満たされ、風は心地よい。そして愛する主と共に帰る。

吉治の家。自分の廏《うまや》へと。

草が風に揺れる。雲が青空を往《ゆ》く。顔の周りを虻《あぶ》が飛び、それを自在に動く耳で追い払う。その動きさえ小さな風となって額へと垂れた鬣を揺らす。馬の、草を食む動物特有の広い視野はその動きを捉《とら》える。自らの毛を黄金色《こがねいろ》に光らせる、午後の、傾《かし》ぎはじめた太陽の光。二歩先を歩く吉治の背中。何の屈託も抱いていない頼もしい背中。それらの全てを。

夢想した。アオの視点を借りたミネは、懐かしい村の風景と吉治とを。

ミネは夢から覚める。ミネは洞の底で倒れ伏したままで、自分の両手を掲げた。手には乾いた自分の血と何本かの頭髪がこびりついていた。

まだぼんやりした意識の中で夢を思い返す。自分はさっき、この手ではなく足で、蹄を持った四肢で草原に立ってはいなかったかと思い出す。食いちぎった瑞々しい青草を美味《うま》いと感じて飲み込んでいた。私は確かにアオだった。

感覚さえ溶け込んだ夢を思い返しながら、ぼんやりとした頭で、ミネはひとつに束ねられていた自分の髪を小刀で切り落とした。先ほど食われた髪の残りを、アオの鼻先に持っていく。馬は二度三度毛束を唇で確かめたかと思うと、ぱかりと口を開けてそれを咥《くわ》えた。ミネはもはや怒りを感じない。アオに食べさせてやれたという充足があるばかりだ。

「美味かったが」

馬は答えない。だが目にわずかに力強さが戻る。

「それでいい」

鼻面をさすられてアオは喉の奥でぶるっと唸《うな》った。雪洞の中に風はないが、ミネは首筋がにわかに冷たく感じられた。長く豊かな髪がなくなっただけで、体に感じる寒さがいや増したようにも思えた。

ミネは背中を馬の肩から腹に預ける形でぴたりと寄り添った。頭をそらして首もなるべく馬の肌に触れるようにする。それが精一杯だ。背後に感じる温かみだけを頼りに、ミネは目を閉じた。もはや、こうして互いを食い合い、誰に知られることもなく一人と一頭で死んでいくのも致し方がないと思った。

ただ腹の子のことだけが心残りだった。紛れもなく、吉治との間にできた愛し子。自分達の選択の果てにこの雪洞に行きついたのだとしても、この子をその因果に巻き込んでしまったことだけがひどく辛い。

産め、という吉治の願いを思い出す。男達に殴られ、それでも懸命にミネを逃がしながら、彼がそこに込めていた意志を。ミネはその願いを何と引き換えにしても叶えたかった。だからこそ吉治と共に死ぬことも選ばず、この馬に跨って逃げ出した。

のものがしばらく来ていないと思い出したあの時だ。
時のことを思い返す。大好きな葛《くず》きりが喉を通らず吐き戻してしまい、そういえば月
だろうか。涙が流れるままにミネの膝に垂れ落ちる。腹に吉治の子ができたと知った
腹に手を当て我が子に詫《わ》びる。ここでこうして母子共に干からびていくしかないの
「すまねえなあ」

嬉しい。

まず雷に打たれたようにそう感じた。恐怖でも迷いでもなく、ミネの手足の隅々まで、心地よい温水が染みわたるように満たされていくのを感じた。

母親に相談する訳にはいかなかったので、さりげなく既婚の女達に話を聞いて情報を集めた。過度に動くことを控え、栄養に気を付ける。加えて、ミネは周囲から妊娠を誤魔化《ごまか》すために食が細いのを堪《こら》えて食い、体を丸くする必要があった。たった独りの戦いであり、けっして楽ではない。しかしミネは幸せだった。子を得た喜びはいかなる苦労にも勝った。

吉治も懐胎を喜んでくれた。それもミネは嬉しかった。三人で生きていくのだという未来。そんな幸せな夢想は、もう叶わぬものとなってしまったが。

ミネは手を腹に当てて泣き続ける。昏《くら》い絶望の中で、しかし、ミネの内側をぽこんと蹴られる感触がある。内部で、すでに別のヒトとして生き始めている者の、確かな

主張を母体は認める。

……それでも、生まれたいかい？

……うん、生まれたい。

掌と、腹膜と、羊水とを通した強い主張を感じる。死にたくない。外に出たい。そのためにここで、閉ざされたこの場所で、母体の飢えにもかかわらず生きている。まだ生きている。

ミネは己の胃の腑と腹の子に命令される。傍らでじっと自分を見つめるアオに向かって小刀を向ける。その金属の輝きを見てももう馬の目に脅えが走ることはなく、その切っ先を堂々とした太い首に突き付けても、やはり暴れることはなかった。馬の気力は確かに衰えている。しかしそれだけではない。全てを許容するような目で、主のために自分がすべきことをおぼろげに悟っているようでもあった。

ミネの生まれ育った地方では馬の肉を食する習慣はない。あからさまな肉食はもともと善しとされぬ上、同じ家屋に厩を構えて住まい、農耕においても生活においても頼りとする牛馬は家族に近い存在と見なす雰囲気がある。だから、飢饉《ききん》や戦国の世に籠城《ろうじょう》した者達が馬の肉を食ったなどという話は余程の窮状であったのだという喩《たと》えの意味で伝えられていたのであった。

ミネにとって、吉治が手塩にかけて育てて来たのを知っているアオならば尚更《なおさら》である。しかし決意を固めた肉体は迷いなく刃を握る手に力を込めた。それでも手が震えていたのは意識下に残る愛着のためか。自分が求めているのがただの血液数滴程度のものではないことにミネは慄き、それでも手には力が入る。切っ先はアオの太腿にずぶりと突き刺さった。

一声のみ馬は高い声を上げた。あとは筋肉の反射でびくりと震える以外、身じろぎもしなかった。最初に短刀を突き立てた傷口をもとに、時間をかけて生の皮が少し裂かれる。一拍、遅れてとろりと血が流れ出た。そこから微かに立ち昇る湯気を見つめて、ミネは大きく息をついた。最初の一太刀を入れている間、呼吸することさえ忘れていた。頭がぼうっとしている。

薄紅の筋肉が露出して、くるりと返された刃によってひと塊切り出される。肉はもちろん、アオの体温そのままに温かかった。

ミネの鼻に飛び込んできたのは食い物の匂いだった。今さっきまでアオの肉体の一部であったそれは、ミネの手により食物《じきもつ》として彼女の掌に載る。

躊躇《ためら》いよりも唾液が先に反応した。続いて、数日間何も入っていなかった胃の腑が腹の中で捩れてその肉を欲する。ミネは荒い息をつきながらそれを口に運ぼうとし、一瞬だけ、アオの顔を見る。

黒い両目はただこちらを見ていた。咎《とが》めだてる気配はない。

「いいの？」

返事はない。アオの目は変わらず自分の体から離れた肉を見ている。ミネはゆっくりと手の中の塊を貪《むさぼ》りはじめた。

美味しい、と感じた。舌よりも脳が直接、この摂取を喜んだ。苛烈になっていた飢えのためなのか、それとも初めて口にする馬肉が本当に美味だったのか、判別がつかないまま、ミネはひたすら生温かい肉に嚙みつき、貪欲《どんよく》に味わい、嚥下《えんげ》した。

胃の腑が突然の来訪に軽い痛みを伴って拡張し、肉を受け入れる。消化し吸収しミネとその腹に宿る者に滋養を届けようと本来の働きを始める。半ば休眠していた全身の細胞が、覚醒を始めた。その一方でミネの脳裏には怒濤のような安堵が訪れる。これでいい。これでいいのだ。意識よりも肉体がそう認め、飢えからの緊張がほぐれて体が弛緩《しかん》する。

最後の肉片を飲み下した頃、ミネの両頰は濡れていた。とめどなく涙が流れる。子のいる腹と、その少し上の胃のあたりが温かかった。アオの傷口を見る。血はすでに固まり、傷口を埋めていた。アオはただじっと濡れた目でこちらを見ている。

その目は何かを希求している訳ではなかった。ミネを気遣っているようにさえ見えた。それゆえに、ミネは、肉を分け与えてくれた馬に何をしてやるべきかを理解した。

ミネは戸惑うことなく自らの腕に小刀を差し込み、大きく引いた。白い肌から一拍置いて流れ出した血はどろりとして、しかもどこかどす黒い。血が流れ落ち始めたその腕を、アオの前へと差し出した。

アオは顔を背けた。しかし唇に無理矢理腕を押し付けられて、付着した液体に含まれる塩分に気づく。塩。草を食む動物が本能で求める物質。濁っていたアオの瞳にわかに光が戻り、すぐにミネの傷口を抉らんばかりに求め始めた。

落ち窪んだアオの目じりからぽろりと涙が零れ落ちた。馬が泣くのだろうか。朦朧《もうろう》とした意識のミネには判別がつかない。悲しいのだろうか、それとも嬉しいのだろうか。私のように？

ミネは未だ傷から血が流れ落ちる腕を伸ばしてアオの鼻面を撫でた。

「おあいこだなあ」

「おあいこだ」

アオは目を細める。もっと撫でて欲しいと、ミネの手に顔をこすりつける。しばしの間、ミネは馬を愛撫《あいぶ》し続け、再び人馬ともに深い眠りに落ちていった。眠りに至る短い意識で、ミネはアオに感謝する。このような狭い場所で。生き延びられるかどうかも判らぬままに、互いに血肉を分け合う身となり果てた我々のありように思いを馳《は》せる。ミネは深い無常と友愛とをいちどきに感じる。腹が温かい。子宮と、それから胃が。

やがて深い眠りと時間の経過の果てに、雪洞には混濁が訪れる。痛みと充足、馬と自分と腹の子とが融けあっていく。ミネの視界はぼやけ、自分が起きているのかもおぼつかない。朦朧とした意識の中で、習慣になったかのように手元の小刀を探す。今や彼女は乳を求める赤子のようにアオの肉を常食する。手の届く範囲に小刀がないのに気づき、ミネは一縷《いちる》の迷いもなく目の前にあるアオの体に直接嚙みついた。アオは抵抗しない。そもそも、もうぴくりとも動かない。

嚙み、千切り、咀嚼する。すでに味については意識に上らない。ただこれが今の自分と腹の子ふたりが生きる上で唯一最高の食物なのだと判断して、食らった。

アオの肉はすでに冷たい。しかしミネはその意味を理解しない。ただアオに感謝し続ける。ありがとう、アオ。本当にお前はいい馬だ。私と吉治が誇る馬だ。お前に助けられた。今も助けられている。私と、この子が。

自分の腕を切って流れる血をアオの顔に突き付けても、アオは目を閉じているだけで反応しない。呼吸もない。ミネはそれをアオがよく眠っていると思う。眠いのか？　そうじゃあ、眠るといい。眠って、夢を見て、それが吉治の夢であればよいと思う。そうしてまた自分も吉治の欠片《かけら》を求めて眠りにつく。

雪洞内の空気は淀《よど》んでいた。人と馬の大小便、汗、体臭。加えてアオが死んでからは血、臓物、それらが少しずつ腐っていく、饐《す》えた臭い。肉を齧りながら、ミネは風を恋しく思う。淀んだ空気を洗い流し、新鮮な呼吸を連れてくる風を、強く欲する。

思えばアオは強い風の中を走っている時が最も美しかった。強い向かい風の中でも。身を裂く冷たい風に向かってだったとしても。無風よりはずっと嬉しそうだ。

またアオをあの風の中で走らせてやりたい。また走るアオの姿が私は見たい。

夢と記憶とを行き来しながら、ミネはそう思った。意識しないままに涙が目の端からこぼれ落ちていった。流れ落ちる涙を拭わぬままに、ミネの回想とないまぜになった幻想は続く。アオがどんな所を走っているのが見たいのか。どんなアオと一緒にいたいか。吉治ならば何というだろうか。願望が夢を巧みに形作っている。望みのままに、過去の像を結ぶ。幸せに溢《あふ》れた、そしてもう取り戻すことの叶わない時間について、ミネは夢見る。

本来不可逆であるはずの体験。しかしこの雪洞では記憶をたどることは可逆だ。深く深く想像しさえすればいつでも吉治やアオの記憶を覗《のぞ》けた。覗き、そして追体験する。

仮にそれが自分自身の過去ではなく、自分が食らった馬のものだったとしても、ミネの空想は自と他の境界を難なく越えて、アオの身に起きた事実を自分の身に降りかかった過去としてありありと再生する。そうして夢を見る。

風の中を走る夢を。強い風に全身を打たれ、一心に駆けていく夢を。

受　肉

ミネが発見されたのは雪洞に閉じ込められてちょうどひと月後のことだった。

春近くなってきた夕刻、雪も減りだいぶ歩きやすくなった山道を行商人が歩いていた。陽が陰り、気温も下がってきたために暗くなる前に里に着こうと急いでいたところ、道端の雪から白い蒸気が立ち昇っているのが見えた。近寄って確認すると、固く締まった雪に掌ほどの穴が開き、そこから静かに蒸気が漏れ出ている。

地熱か、温泉か。欲をつつかれた行商人はまず手でその穴を広げてみた。穴は雪に走った亀裂《きれつ》の一部であったらしく、どこまで掘っても雪の裂け目が深く広がるばかりで何も見えない。立ち昇る空気もなま暖かくはあるが、明確な熱気は感じられない。しかも、掘り進めるごとに糞便《ふんべん》と血とはらわたの臭いがする。薄気味悪い。さては熊のねぐらではあるまいな。そう思い行商人が腰を上げた時、その声は聞こえた。

「アオ、アオや」

穴の底から女の声がする。行商人はまず自分の耳を疑い、再び同じ声を確認すると、仰天して里への道を駆け出した。陽も沈み残光が紅《あか》く空を満たす頃、ようやく人里へとたどり着いて誰彼かまわず村人に自分が見た怪奇を話した。どうか笑ってくれるな、俺の正気を疑うなと付け足して。

村人は笑わなかった。ただ絶句し、顔を蒼白《そうはく》にし、かつて周辺地域を賑《にぎ》わせた行方知れずの女と馬について思い出した。その日空が完全に暗くなる前に、男衆が手に鍬と松明《たいまつ》とを持って山へと入った。先導した行商人の指し示す穴を掘り広げていく。誰もが言葉少なで、自分達がこれから見ようとするものを怖れていた。

程なくして、男衆は雪洞の底へとたどり着いた。松明に照らされ、そこにあったのは、馬の死骸《しがい》だった。

その亡骸《なきがら》には鬣と尾毛がまったくない。骨と皮ばかりに痩せているうえ、肩や首、腿の肉を刃物で切り取られた跡がある。はて、馬と共に女が遭難していると聞いている。この雪洞に閉じ込められ、人間の方が馬を食って生き延びたのだろうか。男衆は目の前の異様な亡骸を前に首をひねった。馬を食らった、人間の方はどこに行った？先ほど聞いたという女の声は？　ここに出口はないぞ？

人々が訝しんでいると、突然、死体の腹が動いた。呼吸や拍動とばかけ離れた動き方で、歪み、膨れた。男衆は腰を抜かして地に這《は》いつくばった。化け物だ、祟《たた》りだなどという悲鳴が上がる。馬が死んでいることを改めて目視しなおして、しかし動き続ける腹部を認めて、何か自分達の認識が及ばぬことが起きていると怖れた。

誰かが思わず経を諳んじた。その声に応じたか、どうか、動き続ける馬の腹からゆっくりと手が出てきた。白い、人間の手。白い蛇を思わせるほっそりとした女の手であるらしかった。男衆のうちようやく勇気を奮い立たせた若者が一人、馬の死骸に歩み寄る。皆が見つめる中、おそるおそる馬の腹部に手を触れる。その感触は冷たい。生命の息吹が抜けた冷たさ。探るうち、馬の肋骨《ろっこつ》の下から鼠蹊部《そけいぶ》近くまで、腹が縦一文字に切り裂かれているのが分かる。そこから人間の手は突き出ていた。

若者がある予感を抱きながらその傷口に手をかけて開くと、果たせるかな、女が横たわっていた。

あらゆる内臓が無くなった腹腔《ふくこう》の中で、まったくの裸で体を折り曲げ、ミネが納まっていた。短く刈られた髪、痩せた肉体、棒のようになった手足。目は固く閉じられているが、肩が動いて微かに呼吸しているのが分かる。全身をよく見ると、痩せた肉体に腹だけが奇妙に突き出ていた。村人の目にはまるで寺の地獄絵に描かれた餓鬼のようにさえ見えた。

兎にも角にも、かろうじて生きていた女を男衆はありったけの綿入れで巻いて担ぎ上げ、村へと連れ帰った。そうしてミネはさらに実家のある集落へと運ばれた。

庄屋は、何処かへ逃げ、死んだとも思われていた娘が生きて戻ったと聞き、吉治との過ちさえ赦《ゆる》してやらんとばかりに歓喜で出迎えた。直後、変わり果てた娘の姿を目にして文字通りに泡を吹いた。ミネの焦点の定まらない瞳はもはや、自分の親を認識することはなかった。

ミネは最奥の座敷で看護された。体にこびりついた垢《あか》と馬の血やらを女中が鼻をつまんで洗い流してから医者が呼ばれた。隣村から呼ばれた医者はことのあらましを耳にし、それからミネの状態を診て、奇跡だと驚嘆する。冬山とはいえ雪洞で気温がさほど下がらなかったのと、馬が傍にいたことが幸いしたのだろうと推測した。もちろん、窮してからは馬を殺し食ったことが命を繋いだのだと付け加えた。そして今後は自分よりも産婆を呼ぶように主人に言って家を辞した。

体の衰弱具合からして、無理に子を流せば母子道連れだと産婆は庄屋夫婦に告げた。ならばいっそと庄屋はミネの首に手までかけたが、母親が後生《ごしょう》だからと懇願してミネは生かされることとなった。もっとも、ミネは自分の身に何が起きているのか認識できず、ただ眠っているか微笑んで自分の腹を撫でているだけだった。明確な言葉ももはや発することはない。時折、部屋の壁より遥か遠くを視ながら、「アオ」「吉」と呟いた。

一方で殺された伴侶、吉治は酷《ひど》くぞんざいに弔われていた。村の辻《つじ》に無造作に盛られた土饅頭《どまんじゅう》が彼の墓で、粗末で何も書かれていない板が墓標の代わりを為していた。

しかしミネがその事実を知ることはなかった。

女中が一日に二度、ミネの部屋に膳《ぜん》を運んだ。それ以外は母と産婆が時折様子を見に来るだけで、父親はけっして足を踏み入れようとはしない。腹の子はいよいよ、いつ生まれてもおかしくない頃合いに達していた。大きく膨らんだ腹を撫でながら、ミネは昼なお薄暗い中で微睡《まどろ》む。骨と皮ばかりだった体は幾分肉を取り戻し、落ち窪んでいた両目にも生気が戻っていた。しかし、心の一部のみ未だ雪洞に置き去りにされ、ミネは白昼夢を見ているように現実を受け入れず、幻想の中だけで妻と母親をしている。

「アオ」

ミネは目を閉じ虚空へと呼びかける。しかし返事は当然ない。暗い座敷のただ中で、声はすぐに畳と漆喰《しっくい》の壁に吸い込まれて消えた。

「アオ」

今度は自分の腹を撫でさすりながら。腹の子に同じ呼びかけをする。子の胤《たね》は吉治だ。それは揺るぎのない事実。絶対の始点。正気を失ってはいても、ミネはきちんと理解はしている。そして同時に、確信がある。確証というよりも、ミネの拠《よ》り所《どころ》が。

この子のからだはアオのからだからできている。

私の子で、吉治の子で、そしてアオからできた子だ。

腹にあてた掌がほんのり温かい。彼岸にほど近いようなこの部屋の中で、それでも掌に感じる温かい息吹で、己が万物に祝福されてさえいるような感覚がある。

実際にはそれは錯覚に過ぎない。しかし、ミネは幸せだった。現実と幻想、現在と過去を行き来しながら、それらの幸せな要素だけをうまく抜き出してその心身を浸した。

逃げた。生き延びた。そして、私は吉治とアオの子を産む。

他人には理解できない、自分だけにしか知覚できない幸せを感じながら、いよいよ陣痛が始まった。文字通りに、体を割り開いて新たな存在がこの世に現出せんとする。

痛みに軋《きし》り声を上げながら、それでもミネは多幸の中にいた。閉ざされた薄暗い座敷で、産婆一人だけに付き添われ、喜びの中、赤子をひり出すべく全力を込めた。混濁する意識の中で吉治の声がする。産め。産めという絶対の命令が。それからアオの肉体を感じる。寄り添った温かさ。その肉の滋味。

眼前には部屋の薄暗闇の代わりに雪洞の暗さが。その耳には遥か遠くで吹き荒れる豪風の声が、ミネの五感に蘇る。

そうして生まれる。痛みとともに、勝鬨《かちどき》の声を上げながら新しき運命が生まれる。嘶きの代わりに吠《ほ》え声のような泣き声と共に。

生まれ落ちる。

＊

手紙には一連の出来事が、当事者であるミネの言葉で淡々と綴られていた。その静かな筆致に潜む熱が、捨造の心胆を捉えて離さない。読み進むうちに手がぶるぶる震えた。意識せねば息が吸えないほどに呼吸が荒くなり、全身から冷たい汗が湧き出て来た。いつしか両目からとめどなく涙が浮き出て頰を濡らしていく。それを拭うこともせず、捨造はひたすら母の言葉を拾った。

やがて一つの事実が捨造の脳裏を打つ。母は、完全に常軌を逸していた訳ではなかったのだ。正気と幻想の間を行き来し、そうして正気の部分で確かに捨造の選択を支持し、喜び、手紙と共に送り出してくれたのだ。

空を仰いで捨造は泣いた。父の不幸、母の幻想と正気、そして文字通り自分の血肉となった馬のために泣いた。泣きながら、村に駆け戻ろうかと思った。そうすべきだった。力いっぱい母を抱きしめ、親を置いて村を去ろうとした不孝を詫びたかった。

そうしなかったのは手紙の最後の文字を読んだからである。所々、涙で滲《にじ》んだ墨で以《もっ》て、『気を付けなされますよう。特に寒さに気を付けなされますよう。自愛の上、どうか新たな場所で捨造の道を歩んでいかれますよう。母』と結んであった。

「わかった。わかったよ、おっ母あ」

返事をして、母の気持ちを想う。自らは小さな部屋でのみ生きて外に出る意思さえ失い、しかしこんな不孝者の前途を望んでくれる。その心情にとにかく感謝する。

そして、行かねば、と思う。母が推してくれた道を堂々と往くことが、自分にできることだと思う。頬を濡らす涙をがしがしと拭った。顔を上げる。

自分の身を犠牲に母を逃がした父。愛馬を食ってでも生き延びて自分を産んでくれた母。そして文字通りに自分達母子に血肉を注いでくれた馬。その、三者の血が、捨造の足を前に進ませた。

涙はもう堪えた。拳《こぶし》を握り、歯を食いしばり、これから自分が歩くべき道を捨造は見据えた。北の地には俺の運命がある。待ち受けているのは痛苦を伴う未来なのだと知っている。俺の肉をこそぎ取れ。俺の骨をこそ凍らせてみろ。それでも俺と相棒たるこの馬はきっと立ち続けるのだ。父が母を生かし、母が強靭《きょうじん》に生き抜いたのと同じに。捨造は引綱を握る手に力を込めた。

「寒いことなんて怖くねえ。な」

傍らで主をじっと見ていた馬の首を撫でさする。温かい。新天地ではこの温もりがきっと俺の支えになる。かつて閉ざされた雪の中で俺の母が馬と共にあったように。

「俺は、人と馬の子だ。なあ」

俺の始まりは馬からできている。

その確かな事実が捨造の信念を揺るぎないものにしていた。さて行こう。希《こいねが》わくは俺達の道行きに良い風を。追い風でなくとも、向かい風であっても構わない。捨造は目を細めて歩き始めた。馬は万事承知しているように、主と共に歩を進めた。

第二章　オヨバヌ

辺境の風

まだ芽吹いたばかりの青葉の香りを含んだ風が草原を渡る。雪が消えて姿を見せた昨年の枯れ草と、その間から背を伸ばしつつある草の芽が絶えず揺らされ、風の強弱に伴って牧草地に波にも似た模様を作り出していく。少し離れた浜辺からは潮騒《しおさい》が響いていた。

大地と海とを等しく揺らす春風を受けながら、和子《かずこ》は全身を伸ばした。小学校に通う時にもまだ厚手のセーターは必要だが、もう重いオーバーも頭を覆う毛糸の帽子も被《かぶ》らなくていい。冬眠から目覚めたように、体の隅々までも伸びていくのを感じた。

主人の機嫌がいいのを察したのか、傍らで栗色の若馬が鼻面をこすりつけてきた。

「こら。甘ったれたら駄目だ。もう今日からお前、よその馬になんだから」

「いいでないか。売られてく家がどんなだか分からんが、人のこと好きな馬は大抵めんこがられる。こいつはいい馬だ。脚も腹もしっかりしてるからどこ行ってもちゃんと働けるし、大事にしてもらえるべ」

馬の体に不備がないか調べていた祖父、捨造が馬を誉めた。珍しい手放しの賞賛だ。

「なら、いいんだけど。よく働いて可愛がってもらえんなら、いいんだけど」

自分が育てた馬を誉められたのが和子は自分のことのように誇らしく、風でなびく鬣《たてがみ》を手で梳《す》いた。馬はさらに満足そうに鼻を鳴らした。

彼らが生きるのは、北海道太平洋側東部、根室《ねむろ》地方。海路は江戸期から発達したものの、陸運や農産の本格的な開発は北海道内でも遅れた地域。気候は冷涼で過酷、時に易々と人の命が奪われてしまう寒冷地である。

昭和の、戦後の世。かつて馬と共に東北を発《た》った捨造は、様々な苦難を経て、ここ根室の地で家族と共に生きていた。

根室半島の南に太平洋を望む海岸線、集落から離れた海辺の地で、馬を飼い地引網を引きながら暮らしている。ここに来た時は三十を超えた頃だったが、今では孫も三人いる。馬も、共に北海道に渡った馬の子孫ばかり十六頭を育てていた。

今日は一番上の孫娘、和子が手掛けた若馬を売りに出す日である。家畜商たる馬喰《ばくろう》が馬を連れにやって来るのだ。和子は約束の時間の一時間前から馬を家の前まで引き出し、待ちきれない様子である。手塩にかけた馬を早く手放したい訳ではない。馬喰にどのような評価を受けるのかが楽しみで仕方ないのだ。

「どのぐらいで売れっかねえ」

「そう悪くねえべ。体はしっかりしてっし、十分値《あたい》ある馬だぁ」

捨造は言い切った。本心だった。もともと血筋と体格がいい馬であるのに加えて、和子は自分の言いつけを守り、実によく世話をした。これを見ていた馬喰の山田《やまだ》老人がいい馬がいるぞと各所で広めてくれたため、近隣の中標津《なかしべつ》の大きな農家から買うと申し出があったのだ。

昨日の夜も和子は遅くまで馬の隆々とした体をぼろ布で擦《こす》ってやっていた。陽の光を受け、全身の毛がつやつやと光り輝くようだ。捨造の馬の飼育技術は、もとは息子が継いだものだ。息子が大戦で戦死してからは、捨造は孫娘である和子に、馬飼いの技術をしっかりと教え込んだ。和子は四本の足で這《は》ってすぐ、柵《さく》向こうの馬に興味を示した子だった。

集落から少し離れた海岸沿いに一家の家は建っている。住宅は捨造が移り住んだ際に近くの森から木を伐《き》り出し、集落の他の住人の力を得ながら建てたものだ。それから補修と増築を経て、ぼろ家ながらも、ここの強い潮風を凌《しの》げるものにはなっていた。浜の周辺は強風のためにハマナスの低い藪《やぶ》が茂るばかりで、防風のための木も育たない。このため、家の南側、浜に面する側に板で高い塀を作っていた。ここで怖れるべきは近所の目などではなく何もかもなぎ倒す勢いの浜風だ。風を浴び、風に耐えて、馬も人も生きねばならない。

一家の生活はその環境こそ厳しいものだったが、ここに移り住み耐えた祖父の辛抱強さと、孫達に受け継がれた我慢強さ、そして馬の活躍が家を支えていた。彼らは耐え、工夫し、少しずつ自分達に出来ることを拓《ひら》いていった。豊かになることはなかったが、貧しさの中にも生きる甲斐《かい》を見出《みいだ》す術《すべ》を心得ていた。

和子が馬の首筋を撫《な》でながら背伸びして道の向こうを見ていると、やがて山田老人が自分の馬に跨《また》がって丘を降りてくるのが見えた。

「来た！　来たよ、おじじ！」

はしゃぐ孫娘の姿に目を細め、捨造も孫が指す方向を見た。強い浜風が顔に当たる。皺《しわ》が寄り、陽に焼け、硬く乾いた皮膚はこれぐらいの風では何も感じない。風に揺れる春の草原を眺めながら、意識はどこか遠い地平へと赴いていた。

捨造は故郷には一度も帰らなかった。帰れなかった。北海道に渡って所帯を構えるまでは、まず金銭的にそんな余裕はなかった。根室に来て数年後、祖母からの手紙で母親の肺炎による死を知ってからは、帰郷したいと思うこともそもそも無くなった。村や母のことは時折思い出すだけに留《とど》め、新たな故郷と定めた場所に心身を馴致《じゅんち》させることに努めた。記憶に耽溺《たんでき》して生きられるほどここ根室は楽な土地ではない。

この地方で、人は空と海と森とを「およばぬ」ものとして畏怖《いふ》した。普段は穏やかに美しく見える風景も、天候不順などの際は何もかもが荒々しく豹変《ひょうへん》する。人の努力が及ばない。人の願いも及ばない。例えば荒天で海が荒れ漁師が亡くなる。吹雪で動けなくなれば集落のただ中でも人が死ぬ。人がどれだけ生きんと欲しても、無慈悲に根こそぎもぎ取られていく。

「しょうがねえ、時化《しけ》だら何もかも及ばねぇもんだ。しょうがねえ……」などと理不尽な運命を受け入れる際に口にのぼった。この地における人間の矮小《わいしょう》さを受け入れる言葉でもあった。それだけ捨造が根を下ろした地は厳しく、容赦なく、美しかった。


和子が育てた馬は捨造の予想通りに高く売れた。小柄な山田老人が胴巻きから札束を取り出して数え、にっと笑うと和子に渡した。生まれて初めて持った額面の金子《きんす》に目を見張りながら、和子は祖父へと手渡した。

「和ちゃん、いい馬でねえか。頑張ったなあ。捨さんも良かったべや、後継ぎできて」

「なんも。まだまだだ。力もなんも足らん。綱、引っ張られたら、子っこ馬でも体、持ってかれる」

そう言いながらも、捨造は目を細めた。懐から煙草を出して馬喰へと勧める。老人二人で煙をくゆらせながら、和子が名残を惜しんで若馬を撫でてやる様子を眺めた。

今回売る馬も、飼育している馬も全て、捨造が最初に連れてきた馬の血を引いている。あの、冬の山で母と数奇な運命を辿《たど》ることになった馬の血統だ。代を重ねてもともとの形質はおおむね失われているが、性質、特に性格の根の部分で絶対的に人間を信用しているところは、確かに初代の血が生きているのだと捨造は信じている。それが良馬の証《あかし》なのだとも。

もともと捨造の故郷、東北は伝統的に良馬を生産してきた。北海道開拓に際して大量に送り込まれた彼らは、木の運搬や開墾に重要な役割を果たすこととなる。また、漁村では優れた網の引き手として重宝された。

彼らは冬の間、山野に放たれた。穏やかで生産的な春がやってくるまでの間、野良馬のごとくに。当然、餌は与えられず、自力で食物を探さねばならない。雪と氷に覆われた原野で、蹄《ひづめ》や鼻先で雪に埋もれた笹《ささ》を掘り出して食べた。群れとして寄り添い、危険を軽減した。毛を伸ばして体を保護した。もともと日本の馬は外国産馬に対して骨格が小さいが、さらに体を小さくずんぐりとすることによって過酷な環境に耐えた。

そうして生き残り、特段頑丈な形質を持った彼らは新たな種として扱われる。北海道和種、通名道産子《つうめいどさんこ》である。半ば野馬として生きた記憶のせいか、非常に頑固ではあるが、ひとたび人間を主《あるじ》と認めれば辛抱強く働いた。例えば街で主が酔い潰《つぶ》れても、その馬に担ぎ上げて寝かせておけば、馬は正しい帰途を辿り家へと連れ帰ってくれたという逸話まである。

捨造が連れてきた馬は、これら道産子と混じった。より強く、より頑丈に。交配を重ねるごとに強靭《きょうじん》になった。お蔭《かげ》で、良い生産者として捨造は知られるようにもなった。自らも昆布干しや地引網に馬を使役しつつ、他の漁師や網元、内陸の農家にも貸し出したり売ったりして、馬飼いとしての捨造の名は広まった。

がむしゃらに働くうちに老境に至り、捨造は自らの後を継ぐ者について考える。幸い、そのあてはあった。

和子は慣れた手つきで馬の鼻面を撫で、馬も素直に目を輝かせて喜んでいる。山田老人がその一人と、頭を指して言った。

「後継ぎの話、冗談でなく良かったべや。せがれ、帰ってこなかったんだべ」

「タイリクセンセンでエイヨある戦死っちゅうて、箱に石ころ一つだけ入ってきた。戦地の石とか言われても、その辺の河原で石拾って入れたのかも分からんしな。まあ、結局本人が帰ってこなきゃ同じよ」

捨造はふん、と鼻で笑った。しかし実際には、一人息子の代わりに戻ってきた無機質で冷たいだけの石ころは、仏壇に据えて毎日米と水を供えてある。

「俺《おら》んとこも長男次男、帰ってこねえじゃ。三男坊は町場で勤め人になったし、馬喰の代はこれっきりだなあ」

「したら尚更《なおさら》、じいさん長生きしてうちの馬ば高く扱って貰《もら》わんとなあ」

乾いた笑いを煙と共に吐き出しながら、老人達は軽い口を叩《たた》きあう。ひとしきりの沈黙の後、捨造は自嘲《じちょう》を含んだ声で呟《つぶや》く。

「戦争始まった頃は俺らみてえな馬飼いは鉄砲も空襲も関係ねえって思ってたけど、そんな事ぁなかったな」

「だな。金の意味では食いっぱぐれはしなかったがな、結局は馬も人間も、金云々《うんぬん》よりもちゃんと帰ってきて子っこ残すのがほんとは一番良かったのさ」

「ほんとよ。ほんとだ……」

静かな話し声は風に紛れ、老人達の会話の内容を知らずに和子は馬を撫で続けていた。

第二次世界大戦当時、人員だけではなく、多くの馬が北海道から戦地へと送られた。捨造も根室の司令部の命令で働き盛りの馬を何頭も出すことになった。とはいえ無償の供出ではなく、金子はきちんと支払われた。捨造は特に体格がよく素直な馬を育てていたため、随分といい金額を貰えた。良馬を探し軍に斡旋《あっせん》した山田老人も然《しか》りである。

捨造は酒が入ると、俺の馬は将校さんの馬になったじゃ、と機嫌よく話すことがあるが、その馬の行く末については固く口を閉ざした。

「それで、おじじ、その馬達は戦地でどうなるの？」と和子や弟妹が尋ねても、分からんと答えたのみだった。

孫に語らぬ裏で、捨造は知っている。自分が手塩にかけて育てた馬も含め、多くの戦馬は哀れな兵と同じに斃《たお》れた。終戦時に生き残っていたとしても、日本へと帰る術もなく、多くが野へと放馬されるか、現地の人間が引き取っていった。結局、大陸に渡り帰らなかった馬は数十万頭と言われる。

そして捨造の息子もまた、帰ることはなかった。

赤紙が来た当時、息子は馬生産者の息子で扱いに慣れているだろうと、歩兵ではなく騎兵に引き立てられた。格別のことであったのに、出征直前、彼は家族に対しても言葉少なく塞《ふさ》ぎ込んだ。行きたくないと言った訳ではない。捨造も引き留めるようなことは言わなかった。ただ、父子互いに黙したただけであり、当時はそれが精一杯だった。

やがて迎えた出立の日、集落の女が総動員で作った千本針の襷《たすき》と共に、彼は根室の駅から万歳三唱で送り出された。長子の和子は幼いながらも大人から歓喜と期待が伝染して「ばんざい、ばんざい」と大声を張り上げていた。

やがて個人の意思など与《あずか》り知らぬままに戦争は終わる。敗戦。負けた。多くの人と馬とを犠牲にしたにもかかわらず失意だけが残る。どれだけ待っても行ってしまった家族と馬達は帰ってこない。不在が家族それぞれの心をしたたかに抉《えぐ》り、みな塞いだ。

無力感を内包したまま、戦後の一家は浜辺での生活を続けた。馬を軍馬として生産することはもうないが、これまで通り農耕馬や、商業化しつつあった橇《そり》を引くばんえい競馬として需要はまだまだあった。相場は安く、現金収入はむしろ戦時中よりも減ったぐらいだが、やる気と工夫さえあれば身の回りの動植物から食料だけはなんとか得られる。

疵《きず》があるなりに力強く、浜風に洗われながら捨造の家族と馬は生き続けた。軍馬として送られなかった仔馬《こうま》は成長し、牝馬《ひんば》は新たに仔を産む。祖父と、母と、子ども達は強《した》かに生活を続けた。

終戦まで馬の世話は捨造だけが行っていたが、終戦と同時期に和子は小学校へと上がり、その多くを担うこととなった。そして今日、初めてほぼ自分で手掛けた馬を、馬喰に売りに出したのだ。和子はもちろん、捨造にとっても感慨深い日だった。

和やかな商談を終えた山田老人が若馬を自分の馬の後ろに繋《つな》ぎ終え、改めて若馬のどっしり太い腿《もも》に手をやった。

「うん。これだら、先方も満足だあ」

古い馴染《なじ》みであることを差し引いても、今回の売値はいい値段となった。捨造が軽く頭を下げる。

「馬の値段。イロつけて貰ったみてえで悪かったなあ」

「なんもだ、いい馬だべし。あとちょっとの分は、和ちゃんにご祝儀だあ」

にこにこと帰り支度を始める老人に、和子は首をかしげた。

「おじさん、家、上がってかないの？　母ちゃん豆炊いたんだよ」

和子の家に限らず、遠方から来た客に茶や飯を振る舞うのがこの辺りの家では普通の習慣だ。今日も和子の母が山田老人の来訪に合わせて酒と肴《さかな》と、泊まっていってもいいように布団も用意しているはずだ。しかし山田老人は首を振った。

「この馬ぁ、和ちゃんのとこから離れ難くて里心ついちまったら困るべしな。今日は早いうちに連れてくわ。母ちゃんにすまねって伝えといてくれ。ああ、あとな、これ」

老人は自分の馬に吊るした鞄《かばん》に片手を突っ込むと、キャラメルの箱をひとつ取り出した。

「忘れるとこした。みんなで食べな」

「ありがとう！」

若馬が馬喰の乗る馬に繋がれていくのを見守るときも、和子は胸を張った。隣で滅多に孫を誉めない祖父が和子の頭を撫でている。若馬はもう立派に成長しているため落ち着いていたし、隣の畑に放牧している母馬が我が子恋しさに嘶《いなな》くこともなかった。ただ、馬が放牧地の丘陵を越えている時、ざあっと浜風が馬の鬣と尾を揺らした。内陸の中標津ではもう海の湿った風を受けることもないんだな、と、この時だけ和子は寂しさに似たものを感じた。

「ほれ、いつまでそうしてんだ。ぼさっとしてるとすぐ馬に餌やる時間になるぞ」

捨造はそう言って和子の背を掌《てのひら》でぽんと押した。懐にしまっていた金を取り出し、紙幣を一枚抜き出して和子へと渡す。

「山田のおじさんから祝いだそうだから。今度町に行った時にでも好きに使え。母ちゃんには内緒だ」

受け取った和子は喜びに目を見張ったが、すぐに「でも」と突然の小遣いに戸惑った声を上げた。

「悪いよ。あの馬、十分高く買って貰ったのに」

「そう思うんだら、次に馬売る時もちゃんといい馬仕上げて、他の馬喰でなくおじさんに渡せ。物事、そういうもんだ」

「わかった」

和子は頷《うなず》くと、札とキャラメルの箱を大事に抱えた。その肩に捨造の手が軽く添えてある。掌が厚く、指は短く、長年風と波に洗われた荒い手だ。その掌から和子の肩へと、じんわり温《ぬく》もりが伝わる。冷たい海風の中だからこそ強く温かみを感じられる。和子の大好きな掌だった。


二人が家に入ると、土間に温かい空気と汁粉の匂いが漂っている。和子の母が笑顔で迎えてくれた。どっしりとした体の太い両足に、まだ幼い妹の芳子《よしこ》と弟の良太《りょうた》がしがみついている。

「お帰り。あれ、山田のおじさん帰っちゃったのかい？」

「ああ、急いで帰んねえと、馬が家離れがたくなったら困るべしな」

捨造は答えながら定位置である薪《まき》ストーブの脇に腰を下ろす。和子は弟妹にキャラメルを見せ、三人ではしゃいだ。母はストーブの上に置いた鍋《なべ》をかき混ぜ、少し声を落とした。

「せっかく小豆炊いたのにねえ。まあいいわ、みんなで食べようか」

その合図で子ども達は椀《わん》と箸《はし》を出し、ストーブを囲んだ。家族五人で汁粉をすする。

餅《もち》ではない。戦後食べ飽きるほど食べている芋団子の汁粉。ささやかに過ぎる食卓だが、賑《にぎ》やかで温かい。そんな時、捨造は他の家族に気取《けど》られないようにして、僅《わず》かに目を細めるのだった。

生《なり》業《わい》

　捨造は早々に妻を亡くしていた。根室に流れた際に縁付いて一緒になった娘だった。優しい女だったが、第二子である長女を産む際、母子共に帰らぬ身になった。吹雪のなかの難産で、馬橇を走らせたが医者が間に合わなかったのである。捨造はそのことを心中長く悔いたが、愚痴ひとつ漏らさず、後妻も貰わぬまま黙々と働いた。幸い、近隣の女達の助力もあり、遺《のこ》された長男は立派に育ってくれたのだった。やがて息子はごく自然に父の仕事を継ぎ、馬喰からの紹介がもとで嫁を娶《めと》り、この海辺の家族を増やした。

　息子の嫁、豊子《とよこ》は十勝《とかち》の畑作農家から嫁いできた。「十勝ではさ、隣ん家《ち》で朝の四時からストーブの煙上がってたら、自分の家は三時半から起きて煙ば上げておかねばなんねえのさ」というのが口癖で、よく食べ、早朝から深夜まで実によく働く。

　捨造は妻も一人息子も亡くしたが、息子の嫁と孫三人、どうにか暮らしを営んでいた。

　辺境の暮らしはただ生きるだけでも楽ではない。一家は海風を避けるように家の裏手に畑を作り、イモや菜っ葉などを育てた。よく熟成した馬の堆肥《たいひ》を使っていたため、砂地でもよく採れた。秋にはそれらを家の脇に土を盛って作られた岡室に貯蔵して、冬に備えた。浜辺に生える植物も無駄にはせず、春は浜の砂に生えるハマボウフウ、晩夏には熟れたハマナスの実やコケモモを集めた。子ども達も半ば遊びながら作業を手伝い、そうして仕事を覚えていった。その時代、近隣の子らは皆そうしていた。

根室の町は早くから海運が発達していたため、消耗品や生活用品を入手するにも困ることはなかった。それでも足りないものは作ればいいし、手に入らないものは我慢すればよい。それで済んだ。

前浜でとれた海産物も貴重な食料であり、収入源であった。夏は特に、船を出して昆布を採り、馬を使って浜の干し場で天日干しする。馬は夏なお冷たい海に胴体まで浸かって働く。白い息を絶えず吐き続け、波を蹴《け》る。

馬は自分の家で使うだけではなく、他の漁師にも貸し出していた。家から東にある落石《おちいし》という集落の網元が一番大きな相手だ。網元らは、集落の沖合にある花島《はなじま》へと連れていくのである。

花島は小さな無人島で、周囲は切り立った三、四十メートルの高い崖《がけ》になっている。風に吹きさらされて木も作物も育たない土地だが、その周辺は昆布の好漁場で、厚みがあって長い、良い昆布がとれる。このため力のある網元はこの島に番屋を建てて拠点とし、初夏になると馬に綱をつけて船で牽《ひ》き、海を泳がせて連れていくのだ。

なにせ漁期のかき入れ時だから、花島へと渡った馬達はひっきりなしに漁船から島の上部にある干し場へと重い昆布を運んでいく。船が島に近づける僅かな砂地から、崖が比較的緩い場所につけられた細い坂道を、馬達は重い昆布を満載した馬車を牽いて登らねばならないのだ。

このため強靭な馬が必要で、捨造が育てた良馬はこの役割にうってつけなのであった。花島に自慢の馬を送り出すことを、捨造と和子は誇りに思っていた。

和子は祖父や父が馬を育て操る姿を幼い頃から見て育った。そのうち、小学校に入る頃には馬の扱いにも慣れ、世話の一部も任されるようになっていた。夕方、仕事を終えた馬の世話は和子の役割だ。馬具を外し、体に傷を作っていないか確認し、体の手入れをしてやる。馬の皮膚には砂に混じって細かな塩の粒がいくつも付着していた。海水が乾いた跡だった。和子は祖父に教わった通り、ぼろ布で入念に馬の体をぬぐってやる。体についたダニも見つけて除いてやる。馬の肩といい臀部《でんぶ》といい、筋肉が隆々とした馬の肌を懸命にこすっていると、海水でごわついた体毛が本来の輝きを取り戻し、西日を受けてつやつやと光る。馬達のなかでも、和子は栗毛の馬が好きで、磨き上げた馬が全身に夕日を受けて黄金色《こがねいろ》に輝くさまは幾度見ても見飽きないものだった。

馬の手入れが終わると住宅に隣接した廏《うまや》に連れていき、十分な水と乾草《ほしくさ》をやる。春から秋にかけては夕刻とはいえまだ明るいため、近くの放牧地で草を食べさせてから廏へ連れていくこともあった。馬は草地に着くと柔らかい唇を器用に動かしながら草を食べる。和子は何の憂いもなく腹を満たしている馬達を見るとなんとも心が満たされる。馬を飼う者として、所有する彼らを十分に食わせてやれているという充足が、まだ未熟な和子にも満ちる。

やがて彼らが一通り満足するまで草を食うと、和子は「ポーポーポーポー」と声を張って馬を呼ぶ。すると馬は垂れていた首を上げ、主のもとへと駆け寄ってくる。なぜ「ポーポー」なのか和子は知らないが、母も祖父もそう呼ぶので特に疑問もなく倣う。一度、集落の中心部に住む友人のトキが泊まりにきた時、和子を真似て「ポーポー」と馬を呼んだことがあった。トキはなるべく同じような声を意識していたようだが、馬は耳をこちらに向けることもなく、全く集まってこなかった。和子が呼ぶと打って変わって馬は反応する。

「ずるい。カズちゃんだけぇ」

「だって毎日世話してんだもの。弟に毎日飯盛ってやるのと同じだもの。したら言うこときくようにもなるさ」

「馬は弟と同じかい。じゃあずるいけどしゃあないなぁ」

ふくれるトキには悪いが、和子は自分だけ馬と意思を疎通していることがとても誇らしく思えた。

馬が集まってくると、和子は「ほれ、帰るど」と言いながら先を歩く。すると馬達は承知しているとばかりに一列になって主人の後を付いてくる。あとは小屋につけば馬は各々の馬房に入ってくれる。慣れた日常であった。

全ては和子が物心つく頃から祖父の傍で見ていた作業で、馬を最良の状態にしておくことは自分自身の生活よりも大事なことだと日常に深く刻まれていた。実際、和子が自分の食事や風呂《ふろ》などの時間を持つのは全ての仕事が終わってからのことだ。それがこの地における普通の生活だった。

＊

和子が馬の世話もさまになった頃、一頭の母馬が難産になったことがあった。逆子でこそないが、本来伸びているはずの前肢が両方とも胎内で曲がっている。

「頑張れ、負けるんでない。頑張れ」

捨造と和子はひたすら声をかけて母馬を励ましながら介助した。電話をすれば獣医師が来てくれる時代ではない。自力でただ馬のためにできることをやるしかなかった。

一家総出で母馬を反対に寝っ転がしたり、祖父が上半身裸になり肩近くまで産道に腕を入れて仔馬の姿勢を変えた。夕方の破水で開始した分娩《ぶんべん》は夜も更け、空が白み始めてようやく仔馬は生まれた。

　生まれた雄の仔馬は育てるのにも難儀を重ねた。まず立ち上がったのはいいものの、なかなか母馬の乳を探し当てることができない。初乳を飲むことが出来なければ牛を飼っている隣家まで馬を走らせて牛乳を分けてもらわねばならなくなる。しかしその場合、母親の初乳に含まれている様々な病への抗体を得ることができないため、無理してでも少しは実の親の乳を飲ませた方が良い。祖父と和子とで仔馬の頭を力ずくで母馬の後肢の付け根に持っていき、口に乳頭を含ませてなんとか少量を飲ませてやることができた。

　それからも、仔馬は下痢が続いたりと手が掛かった。和子は緬羊《めんよう》の毛で糸を作った後に残る屑《くず》羊毛の固まりを叩き、石鹸水《せっけんすい》で捏《こ》ね、布上に固めて手製の胴巻きを作ってやった。夜の冷え込みが厳しくなりそうな時はそれを巻いて休ませ、夜寝る前と朝起きてすぐ、様子を見に行った。そんな様子を見て、祖父の捨造はやや苦く笑った。

「なんだべな、この子っこは。まるで若様みてえだじゃ」

「ほんとだ、おじじ。この子っこワカ様じゃ。うちのワカ様じゃ」

祖父の一言から馬はワカと呼ばれるようになった。和子は成長が遅いワカを案じたが、手を掛けてやった甲斐があったか、生後三か月を超す頃には月齢からいってなんとか妥当な馬体にまで成長した。

しかし、問題も増えた。他の馬より人間に手を掛けられすぎたせいか、ワカは甘ったれでどこか人を舐《な》めたところがあった。ひとたび人間の気配を感じれば駆けつけてきて、人参《にんじん》の切れ端でももくれるものと思っているのか、柵に脚をかけて甘えた様子を見せる。体が大きくなった後は一度、脚をかけた柵の横棒を折ってしまったことさえあった。

懸命に世話をしてきた和子にとっても、このワカはいささか持て余すところがあった。隙あらば甘えて人の髪を食べようとする癖も、何度怒鳴っても一向に直らない。他の馬と一緒に放牧に出し、夕刻に皆を集める時には、一頭だけ他所《よそ》で知らんふりをして草を食《は》み続けていたりする。奔放で我儘《わがまま》な、まさに問題児であった。このままでは売るにしても家に残すにしても、どちらも問題がある。何か決定的な躾《しつけ》をしなければ、と和子は案じた。

境目の日

ワカの体が他の若馬を超しそうなほど成長した晩秋、その事件は起きた。放牧地に馬が食べられそうな丈の草が少なくなり、馬も牧草よりは畑の脇に生えている笹を好むようになっていた。そろそろ馬を牧草地ではなく笹藪に放さねば牧草の根が傷んで来年だめになる。そう思いながら和子は夕刻にいつもそうするように馬を呼んだ。

「ポーポーポーポーポーポーポー、帰るど、帰んないと、置いてくどー」

いつもならば太陽が茜色《あかねいろ》になる頃合いに馬を迎えに来るのだが、今日は暴風が近づいているため、学校帰りの昼過ぎに馬を集めに来た。空は早くも暗い雲に覆われ始め、南からいつもと違う変にぬるい風が吹いていた。風下から呼ぶ和子の声が聞こえなかった馬も、主が草地を歩いていく姿を目にして集まってきた。いつもの夕刻より大分早い時間だが大人しく集合したあたり、馬達も天気の急変を感じて不安になっているのだろう。

「ニィ、シ、ロ、ヤァ、ト……」

いつものように集まってきた馬を数える。十六。親も仔も合わせて十六。一頭足りない。ワカだ、ワカがいない。

和子は眉間《みけん》に皺を寄せ溜息《ためいき》を吐いた。またただ。またあいつだ。ワカが単独で行動して帰ってこないのは初めてのことではない。大抵、放牧地の奥でひとり悠々と草を食べているか、森に入ってほど近い小川で水を飲んでいたりする。そういう時は和子が迎えに行くと、もう帰る時間だとは頭にもない様子で、こちらを不思議そうに見ていたりする。そして和子が踵《きびす》を返して他の馬達を率いて帰ると、慌てて後を追ってくるのだ。

今回もきっとそうだろう。和子はその程度にしか考えていなかった。あの馬鹿ったれ、と悪態をついて、急いで草地を走る。南の方からさらに黒い雲が近づいてくるのが分かった。遠く、どどんという海鳴りにも似た雷の音がする。放牧地をぐるっと一周してもワカはいなかった。早く帰らなければほどなく雨が降り出す。

おそらく森にでも入って遊んでいるであろうワカも、他の馬が帰ったのを知れば今日も慌てて帰ってくるだろう。道を知らない訳ではないのだ。そう判断し、和子は他の馬を呼びながら家路を辿った。途中、幾度も後ろを振り返りワカが加わっていないか気にしたが、馬は十六頭のままだった。

三キロほどの道を進み、家に着いた時にはぽつぽつと大きな雨粒が落ちてきた。和子は急いで馬達を小屋に誘導する。雨粒が今の今まで体を動かしていた馬の体に落ち、湯気を立てる。小屋の中は湿気と馬の体臭で満ちた。草架《そうか》に乾草を満たし、馬のなかに脚を悪くしたり調子の悪いものがいないかを確認してから馬小屋を出る。母屋の玄関に至るまでのたった三十メートルの間に強い風と雨に強かに打たれた。冷たい雨だった。

家に入ると温かい空気が和子を包んだ。茶の間の薪ストーブで火が強めに焚《た》かれ、上ではヤカンがせわしなく蒸気を吐き出している。和子が冷えた手をストーブにかざすと、冷たく凝《こご》った指先が温度の落差でじんじん痺《しび》れた。古くてすきま風も入る、けっして立派な家ではないが、中にさえ入ってしまえばここはもう人の住処《すみか》、風雨など怖れる必要はなかった。台所の母が声を張り上げる。

「今日はサメゼリーがあるよ。もう固まっただろうから物置から取ってきなさい」

「やった、サメゼリー！　食べる！」

好物にすっかり浮き足立ち、和子は再び雨の中を外に出ると、物置の棚に置かれた盆を取ってくる。盆の中には小鉢が五つ並び、その中に少し白く濁った液体が寒天状に固まって揺れていた。母が落石の行商から買った小型のサメを捌《さば》き、身は干物に、ヒレと骨は煮出して、その汁に砂糖を加えて煮凝りを作るのだ。甘いものが何よりもの馳走《ちそう》だった時代である。母は古い婦人雑誌で『ゼリー』なるものの存在を知り、身の回りの原料で作ってみたところ、家族や来客の好評を得たのだった。和子の大好きなおやつである。

和子は椀と匙《さじ》を弟妹と、それからストーブ脇で本を読んでいた祖父に手渡し、自分も頬張った。

「おいしいねえ」

「姉ちゃん、食べるのはやい」

「だって姉ちゃん、手伝いして腹減ってるのだもの」

妹とたわいの無いやり取りをしながら、サメゼリーの椀はすぐに空になった。腹が甘味で心地よく満たされると、和子の頭から行方知れずの馬のことなどは抜け落ちた。そのまま母親に呼ばれ、夕飯の支度のために台所に立つ。家を揺らす風とトタン屋根を叩く雨足は時間と共に強くなってくる。

和子は大根の皮剝《かわむ》きや煮物のアク取りの間にふと思い出して窓の外を見るが、雨に濡《ぬ》れて帰ってきた馬の姿など見えない。そのたびに和子は大丈夫、そのうち戻るべ、と心中で自分に言い聞かせる。しかし言葉とは裏腹に、腹の底でもやもやとした不安が渦を大きくしていくのを感じていた。

夕食の前に一度、和子はランプを手にワカが帰ってはいないかと小屋まで見に行った。中ではやはり十六頭が風を遮られた屋内でくつろいでいるだけだった。腹の底のもやもやは大きさを増し、夕飯を食べていてもそれは消えなかった。弟妹が強風でどれだけ外の木が大きくしなっているかを大げさに話している声が食卓に響いたが、和子は塞ぎ込んでいる。その様子を祖父の鋭い目が見ていた。

食後の片付けが済んだ頃、和子はもう一度小屋まで様子を見に行こうか思い悩んでいた。風は未《ま》だ強く吹いているが、幸い、屋根を叩く雨音はもう止んだようだ。

窓の外を覗《のぞ》き込んでも暗闇しか広がっていない。馬の姿は見えない。やはり小屋まで確認に行こうか。でももしワカが帰っていなかったら自分はどれだけ不安を増さなければならないだろう……。窓辺で考え込む和子に、祖父が近づいてきた。

「和子」

名を呼ぶ声は鋭い。和子は思わず身を硬くした。返事をしないでいることは許されない。こわばる喉《のど》を動かして、下を向いたまま「はい」と答えた。

「おめえ、馬ば、ちゃんと連れて帰ってきたのか」

祖父の声は怒気を含んでいた。ばれている。和子はすぐに感じた。この声では怒りは深く激しい。誤魔化《ごまか》せる様子ではないと思い至り、和子は祖父へと向き直った。

「ワカが」と小さい声でようやく切り出す。

「畑でみんなについてこねえで。探しても見つからなかったけど、腹減ったら帰ってくるべと思って、それで」

「おいてきたってのか」

「はい」

「帰ってねえのか」

「はい」

「馬鹿ったれが！」

祖父の怒号は家を揺らした。はしゃいでいた弟妹が怯《おび》える。狭い家の壁が、実際にびりびりと震えたのを和子は感じた。癇癪《かんしやく》持ちで、しょっちゅう孫達を叱り飛ばす祖父ではあったが、叱るというよりはここまで怒った祖父の姿は久しい。和子が幼い頃、大潮で海が荒れているにもかかわらず波打ち際で遊んでいたのを見つかった時以来だった。そして今回も、和子は身を縮め、弁解の言葉も出ずにただ怯えるしかない。

「探してこい。雨はもう止んでるべ」

仁王立ちした祖父は憎しみに似た光さえ宿した目で和子を睨《にら》みつけた。

「いや、おじじ、幾らなんでもこんな暗くなって」

傍らで見守っていた母が、ただならぬ様子にたまらず取り成そうとする。それを祖父はぎろりと睨んで制した。

「俺ぁ、この子にいっつも言ってんだ。馬は目ぇかけてやらねば人間ば信用してくんねえと。信用してくれねえば、いざっちゅう時に人間も命預けられん。分かってんの

「探すったって、和子だって反省してんだから。風だってまだ強いし時間は遅いし……」

「したら、探しに行け」

和子は蚊の鳴くような声で答えるしかなかった。

「分かってる」

か、和子」

「時間も何も関係ねえっ！　遅いっちゅうのだら、こったら遅ぇ時間まで馬ほっぽった自分の馬鹿さ加減ば反省しながら探しに行け！」

禿《は》げ始めて広くなった額に静脈を浮き立たせて、祖父は怒鳴った。それだけ言うと、もう和子から目を逸《そ》らして背を向ける。

これまで祖父は怒った時でも和子が「ごめんなさい」と謝るまで説教を止めたことはなかった。しかし今は謝罪の言葉さえ拒否するように茶の間へと引き返して振り返らない。それが悲しく、和子はしばし唇を噛《か》みしめて下を向いた。風が窓ガラスをびりびりと震わせる音が今なお響く。母が気遣わしげに和子の顔を覗き込んだが、和子は顔を上げて壁の釘《くぎ》に掛けておいた自分の上着を羽織った。

玄関を出ていく時、祖父は薪ストーブの前に胡坐《あぐら》をかいて座り、背を向けていた。棒で灰をかき回しながら、誰にともなく呟く。

「俺は。俺の家は。馬に生かされたんだ。報いねばなんねえ。報いねば……」
呪文《じゅもん》のようなその言葉を耳にしながら、和子は毛糸の手袋を二重に重ねた。靴下もう一枚履いた。家を飛び出て、小屋に寄って馬を引く綱とランプを手に、畑へ向かう道へと駆けだす。

祖父の言う通り豪雨はぴたりと止んでいた。しかしまだ鋭い風が顔の皮膚を刺す。空は雨雲もほとんど消えており、低い雲が切れ切れに浮かんでは強い風に押し流されている。周囲を半月が照らしていた。満月ほどではないが明るく、牧草畑の隆起や前浜の海面が遠くまで見えた。時折、雲が月にかかると、風に流されているのは雲なのに、ゆっくり動いているはずの月の方が天翔《あまがけ》ているように錯覚する。和子はこんな塩《あん》梅《ばい》の風と月の夜が本来好きだ。しかし今夜は穏やかな気持ちで空を見上げてはいられない。馬を探さねばならないという責任が、胸の底で硬い石のように凝って重い。

手元のランプの光が遠くを見るのに邪魔になりそうで、和子はポケットにマッチがあるのを確認して火を落とした。視界が闇に慣れると、周囲は案外とよく見える。月明かりで道はきちんと判別がつくし、行くべき方向は間違えないであろう明るさだった。

和子は辺りを見渡してワカが戻っていないことを確認すると、放牧していた草地へと道を急いだ。毎日歩く道のりだ。月明かりのみでも石に躓《つまず》くことはない。できたばかりの水たまりを踏んでズボンに泥が跳ねるのも構わず、時折立ち止まって馬の気配を探りながら先を急いだ。

遠くでまだ落葉していなかった木々が絶え間なく風に揺すられる音が聞こえる。さざ波の音にも似ていた。濡れたカシワやナラの葉を乾かし、枝からもぎ取って地に落としていくのだろう。

「むくいねば。むくいねば……」

耳に残っている祖父の口癖を繰り返しなぞる。自分達の日常は馬無しでは考えられないほど彼らの世話になっている。その上、祖父が時折、酒が入った時に語ってくれることによると、祖父の母、和子にとっての曾祖母《そうそぼ》は、雪山で遭難した時、馬を食べて生き延びたらしい。

その時ちょうど腹には祖父がいて、馬によって曾祖母と祖父は死なずに済んだのだという。和子はこの話を初めて聞いた時、驚き、畏《おそ》れて、なかなか寝付けなかった。曾祖母が体験したという雪の洞穴を想像して震えながら、同時に、そこに宿っていた祖父が馬に心血を注ぐ理由を深く理解した。

それは愛情とだけ呼べるものではない。もっと強い、文字通り血肉を共にした不可分の、因縁とでも言うべき繋がり。自分達家族の根に厳然と存在するそれを、祖父は大いに畏れていた。

そしてその姿勢を、孫である自分もやはり継がなければならない。

和子は自分の肩に見えない鎖がかけられているのを感じた。父も祖父も引っ張ってきた鎖。馬と共にある限り、この鎖を放りだすことなく、存在を無視することなく、自分で背負って引っ張ってゆかねばならない。その覚悟を今、祖父から問われているような気がした。

「むくいねば。むくいねば。むくいねば……」

つらつらと思考を重ねながら、和子はぶつぶつと呪文のように繰り返す。声は鋭い風に流されすぐにかき消える。横風や向かい風に阻まれながら、やがて丘の上にある放牧地に着いた。秋の訪れで黄色みが差した牧草は雨に濡れ、それが月光に照らされて一面狐色のようにも見える。

「ポーポーポーポーポーポー」

和子はあらん限りの声で馬を呼ぶ。一度止め、風向きを確認して、四方に向かって同じように声を張り上げる。いつもならば和子のこの呼び声が響けば、草地の端にいる馬さえ走って和子のもとへと帰ってくる。

しかしいつまでたっても草原に影は見えない。一度、黒い影がいくつか遠くを横切ったが、足音が軽すぎる。馬ではなく人の気配に驚いた鹿だったようだ。キイイと甲高い警戒音を発して、すぐに草地の脇にある森に紛れて消えた。

和子はいつもよりも声を張り上げたため喉がちくちくと痛んだが、気にしてはいられない。大きく息をついて考え込んだ。これだけ呼んでいないとなれば、もっと遠くへ探しに行くしかない。覚悟を決めて、冷えはじめた手袋の中の指先を握り込んだ。

思い当たる場所がないではなかった。以前に一度、ワカは境界を越えて他の農家の牧草地へと逃げたことがある。錆《さ》びて下に落ちた有刺鉄線を飛び越えて森を抜けたのだ。その時は隣家の主がワカを捕まえて家まで連れてきてくれた。あの時祖父が激しくワカを怒鳴りつけたのが効いたのか、祖父が即座に鉄線の弛《ゆる》んだ箇所を補修したのが良かったのか、ワカは二度と他の土地まで逃げたことはなかった。

しかし今の和子に思い当たるのはそれしかなかった。今回の強風で生木でさえ根元から折れたものがあるほどだ。等間隔で有刺鉄線を支えている杭《くい》が倒れ、そこからワカが逃げたとしても不思議ではない。和子は意を決し、境界を越えることにした。上着を引っかけないように気を付けながら有刺鉄線をくぐり、森の中に足を踏み入れる。森を抜けた先にある畑は、もう隣の家の敷地だ。

木々に分け入った途端に月光が陰る。ナラの木など広葉樹の葉は大分落ちてしまったとはいえ、複雑で細かに張り巡らされた枝が空を遮り、森を暗くする。風が笹や残った葉や枝を揺すり、波のような音が絶え間なく周囲を取り囲んでいる。もし近くでワカが嘶いても聞こえそうにはなかった。

空から照らしてくれる月光がなくなって、和子は急にひどく心細くなった。少し前までは学校帰りに弟妹と分け入り、熊を退けるように大声で歌いながらコクワの実を探して食べた森が、別の土地のようによそよそしく思えた。明るい太陽のもとでは木も下草もよく慣れ親しんだ自然であったのに、今は何もかもが自分に害を為《な》しうる何かに感じられる。

和子は体で風を遮るようにしてマッチに火をつけた。消していたランプを再び灯《とも》すと、僅かに心が温まる。

「負けねえ。絶対に」

それが夜の森になのか、自分の恐怖心になのか、それとも思うままにならないワカに対してなのか。自分でも考えぬままに、和子は歯を食いしばってランプをかかげた。前を照らしながら、少しずつ進み始める。幸い、長い下草はおおむね枯れ、足元は笹の硬い茎に足を絡めて転ばないようにさえ気をつければよかった。和子の膝丈《ひざたけ》ほどの笹をかき分け少し歩くと、獣道《けものみち》へと至った。笹藪が踏み固められて奥へと続いている。おそらくは草地から草地へと渡って草を食む鹿の群れが通った跡だろう。和子はその獣道を辿り始めた。当てずっぽうで森を抜けようとしなくとも、ここを歩けばきっと森を抜けて隣の草地へとたどり着けるはずだ。

和子は時折、小川とその周辺の湿った地面に気をつけながら獣の道を行く。かさり、かさりと笹や枯れ葉を踏む音が風の音に混じって周囲に浸《し》みた。ワカはここを抜けた牧草地にいる。きっといる。繰り返しそう念じた。そう思わねば足が動いてくれそうになかった。

かさ、かさ、と自分の足音を聞いていた和子が、ふと違和感を覚えて足を止める。自分以外の何ものかが立てた音が、風の音に混じっている。しかも背後から、ざっ、ざざざっと不定期に。

一瞬、冬眠前の熊かと体が固まり血の気が引いた。しかし、熊ならば人間の気配を悟って早々に去るか、さもなくば即座に襲ってきているだろう。それにあの巨体が笹を分け入るであろう大きな音とは違う。もっと軽い気配だ。

「ワカ？」

馬が笹を踏み分け歩く音は和子もよく知っている。大きくて規則的な音だ。違うと知りながら、和子は声をかける。耳を澄まそうと息を殺した瞬間に、それはやってきた。いきなり左の鼓膜を叩かれたように空気の塊が押し寄せる。突風が左の耳にだけ凝縮してぶつけられたような、暴力的な感触が。

「ぎゃああっ！」

思わず左耳を押さえてその場にひっくり返る。何かがぶつかったのかと激痛に備えて全身の筋肉が緊張するが、不思議と痛みは起こらない。混乱する中、それでもランプだけは倒さぬように右手上にかかげたまま、和子は地面に尻《しり》をついていた。視界が回り、恐怖がやって来る一瞬前の空白に、和子は見た。

光に照らされた木の枝の上、和子の背よりも少し高いあたりで、光を反射した二つの円い目がこちらを見下ろしている。うっすらと輪郭が浮かび出て、突然の襲撃者の正体が知れた。闖入者《ちんにゅうしゃ》に自らの姿を晒《さら》し、泰然としてそこにいたのは、一羽の巨大なフクロウだった。フクロウが和子の耳を掠《かす》めて飛び、その姿を見せたのだ。

「……ふくろう」

和子は思わず呟く。夜を滑空する巨大な猛禽《もうきん》。森の神。シマフクロウだった。羽を閉じて枝に止まっているだけで和子の背丈の半分ほどの体高はあろうか。羽を広げれば和子が手を広げた長さをはるかに超えるだろう。ランプの光でうっすらと白い羽と黒い羽が細かに模様を成す。興味でも敵意を宿すでもなく、金色の目で無感情に和子を睥睨《へいげい》している。

もともと古くよりシマフクロウはこの一帯の森に生息していた。しかし広大な森林の面積に対して個体数は多くない。その上ひっそりと営巣しており、偶発的に人間と接触することも少ない。地元の者も彼らを特に探し出すことはないため、棲《す》み分けが成立していた。和子も、幾度か見たことがあるという祖父らの話を聞いたことがあるだけで、実際に目にするのは初めてだ。

しかしこのシマフクロウは、おそらくは意図を持って和子に接触してきた。しかも突然に。その意を和子は即座に感じ取った。シマフクロウの、攻撃性はないが一片の親和も感じさせない目から言葉ならぬ言葉を聞いた。

出て行け。この場この時、お前のような生き物が存在してはならぬ。それは警告であり同時に示威でもあった。この意図に、和子の考えよりも体が先に応答を示した。即座に立ち上がり、ランプを手にして一気に駆け出した。逃げなければ。悟った足が遁走《とんそう》した。背後でシマフクロウが枝を離れる大きな羽ばたき音がする。しかし音は近づいてこない。恐らくは役割を十分に果たしたことを知り、彼らの住処へと帰っていったのだろう。和子はそう直感した。

和子が逃げ出したのは害を為される恐怖からではない。思い知ったのだった。今、自分がこの森に闖入すべきではないのだと悟り、自分は外部の者であると恥じたのだ。人間の尺度で、この森は確か自分の家の登記になっている。その意味ではこの場所は和子の祖父が所有し、和子の家の土地である。

しかし、この森の主はけっして祖父ではない。あのシマフクロウだけのものでもない。この森は、森そのものの領分なのだ。和子は祖父の言葉を思い出す。

『オヨバヌトコロ』

祖父が繰り返していた言葉が脳裏に蘇《よみがえ》る。及ばぬ所。空と海と、そして不可侵の大地。いかに人工の光で照らそうと、鉄の機械で行き来し蹂躙《じゅうりん》しても、人の智と営みなどとても及びもつかない、粗野で広大なオヨバヌトコロ。

今この風吹く夜の森がそうなのだ。ここでは私は及ばない。和子は祖父が言ったオヨバヌという意味を初めて体得した。昼に慣れ親しんだはずの森に威嚇され、哀しみと共にそれを悟った。

全力で和子は駆けた。一刻も早くこの森を抜け、人の手で拓かれた、あの慣れ親しんだ草地へと帰るために。冷たい風を含んだ空気を口で吸って吐く。ぜいぜいと喘《あえ》ぐ声が混ざった。嗚咽《おえつ》に似ていた。涙を流さぬままに心で泣きながら、和子は森の果てを目指してただ獣道をひた走るしかなかった。ワカが恋しかった。人と接し人と生きてきたあの馬の、あの温かい鼻面に触れたかった。こんな森に自分独りでいるのは嫌。もう嫌だ。早く、一分でも早く、あの馬に傍にいて欲しかった。

「ワカ」

掠れた声で名を呼んだ。もちろん風の音に紛れてすぐ消える。分かっていても和子はその名を口にした。

「ワカぁっ！」

返事はない。ただひたすらに馬の名を呼ぶ声と、笹をかき分けて懸命に走る音だけが響いた。やがて森の前方で、重なった梢《こずえ》が急に薄くなって見える。木の密度が低い。

森の果てだ。早く、早く早く。あそこまで行かなければ。和子の頭の中はそれだけしか考えなかった。もつれて重い足をひたすら動かして、森の果てを目指す。距離にすればたったの二十メートル程度に過ぎない。だが和子にとってはその隔たりがひどく長いもののように思えた。いつまでも至らない距離。引き伸ばされた時間の間に、和子の頰をとうとう涙が一筋流れた。

それでもようやく境界線に辿り着く。森と草地との間に有刺鉄線の存在があるのを思い出し、薄闇の中でかろうじて三本の鉄線を押し開いてすり抜ける。

ようやく足が草地を踏んだ。目の前には半月の薄い月光に照らされた、隣家の牧草地が広がっている。なお強い風に吹かれた草が月明かりを反射して生き物のようにうねる。草地の向こうに断崖《だんがい》があるため、ゆるい丘陵の先は唐突に海面が広がっていた。

ああ、やっと、帰ってきた。

和子は草の上に座り込んだ。自分で知らぬ間に荒くなっていた呼吸に肩を揺らし、地に両手をついて大きく深呼吸した。木々に遮蔽《しゃへい》されない風が直接吹き抜けて涙を乾かしていく。一時《いっとき》、馬を探しに来たという目的を忘れ、和子はただ安心に浸った。

やがて呼吸と心が落ち着くと、和子は顔を上げて周囲を見渡した。幾分冷静になり、本来の役目を思い出す。徐々に半月の光に目が慣れていった。より周囲が鮮明に見えてくる。

　月光を反射する水面《みなも》を背景に、草地に何ものかが立っている影が見えた。動いている。ワカだ、すぐにそう直感し、和子はふらふら歩み寄る。すぐに影はこちらに気づき、耳を前方に向けて人の気配を警戒した。自分だと知らせるため、そして怒っていないことを示すために、和子はなるべくいつもの調子で「ポーポーポーポー」と呼ぶ。呼びながらさらに近づく。

　馬の影は近づいてこない。代わりに、にわかに動いて二つに割れた。二頭？　和子は訝《いぶか》しんだ。ワカだけではない、もう一頭いる。先ほどの影はワカだけではなく二頭の馬が寄り添っていたのだ。近づくとその影がはっきりする。ワカよりも色が薄いのか、その艶《つや》やかな体毛で月の光を反射した姿。やや小ぶりな体格で、筋肉の付き方も華奢《きやしや》なようだ。細かくはよく判別できないが、どうやら牝馬であるらしかった。

「ワカ」

　声に出して名を呼ぶ。ワカは近づかない。まるで知らない馬のように、風の中で立ち尽くしている。残った牝馬は和子から一歩逃げる。そのまま踵を返し、地を蹴り走り去ってしまった。ワカは首を曲げてその方向を見ている。月光をわずかに反射して光る目はこれまで和子の知るワカのものではなかった。このままあの牝馬を追ってしまうのではないか。そう直感し、和子は思わず口を開いて制する。

「行くんでねえぞ。あんたは、うちの馬だ。一緒に帰るんだ」

断固とした主人の物言いに、ワカは弾《はじ》かれたように首を上げ、和子に近づいてきた。鼻先を撫でてやると、ぶふうと熱い鼻息が吹きかかった。いつもの甘ったれだ。良かった、戻ってきた。

「心配かけさせて、この、この馬鹿たれがぁ……」

身を寄せたワカの体温に安堵《あんど》し力が抜けそうになるが、和子は身を奮い立たせて綱を取り出した。ワカは抵抗する気配もなく大人しく繋がれた。先ほど森で感じたような不安はかき消え、役目を果たした充足が和子の心を温かく満たしていた。

家に帰るには再びあの森を抜けなければならない。しかし、馬を引いて帰る道では、同じ森でも今度は何も恐怖を感じなかった。ワカが通ったであろう有刺鉄線が倒れた箇所を越え、慣れた自分の家の牧草地を抜け、いつもの道を歩んでいく。ワカは道すがら、嫌がるふうもなく実に従順だった。

遠くに家の灯が見える。ワカが戻ってからは随分気力も戻っていた和子だったが、家を前にするとやはり安堵から大きく息を吐いた。握る綱からもそれが伝わったのか、ワカの歩みがやや速くなる。一人と一頭は、もはや間違えようもない家路を辿って、ひどく懐かしい思いにかられながら帰還を果たした。

馬小屋に戻り戸を開けると、綱を引くより早くワカは自分の馬房に入って水桶《みずおけ》に顔を突っ込んだ。勢いよく水を飲んでいる間に綱を外し、和子は戸締まりを確認して馬小屋を閉めた。

「ただいま。馬、捕まった」

家の戸を開くと、ストーブで暖められた室内の空気が和子を包む。中では細めたランプの灯の下に母と祖父がいた。弟妹はもう寝たらしい。母は和子の姿を見て慌てて立ち上がった。祖父は和子の方を見ず、黙って新聞を読んでいる。壁の時計は夜半を回っていた。和子が思っていたよりも随分時間が経っていたようだった。

「いやあ、ワカ居たかい。良かった良かった。寒かったしょ。ああほら、こんなにほっぺた冷たくして。デンプン湯作ってあっから、温かいうちに飲みなさい」

玄関の和子に母は駆けより、頰を温かい掌で挟んでくれた。和子は上着を脱ぐと、黙って新聞に目を通している祖父に近づいた。床に正座する。そこでようやく祖父は口を開いた。目は新聞に向けられたままだ。

「どこにいた」

「隣ん家の畑だった。浜沿いの。雌の馬と一緒にいた」

祖父はちっと小さく舌打ちすると、新聞を荒い音を立てて捲《めく》る。

「明日んなったら、畑境のバラ線見て回らねばな。壊してたらこっそり直さねえと。隣にはワカが逃げたとか、余計なことは言うなよ」

「うん」

母からデンプン湯が入った椀を受け取ると、知らぬ間に外気で冷えた指に熱さが染みる。両手で包むようにして指を温めると、心と体がどうにも弛《ゆる》んだ。

「おじじ、ごめんなさい」

「反省したか」

「はい」

祖父はがさがさと荒々しく新聞を畳むと、俺ぁ寝ると呟いて立ち上がった。和子を見下ろして言い据える。

「今回のでよく分かったべ」

「うん。よく分かった」

骨身に染みて答えると、祖父は「なら、ええ」と頷いて寝床に向かった。和子は熱く喉を潤すデンプン湯を少しずつ飲み下し、母に促されて床についた。

和子の布団には湯たんぽが忍ばせてあった。いつもならもっと寒い時期に使うものだが、母が用意してくれたのだろう。明日、起きたら礼を言おうと思いながら、和子は温かい布団にくるまった。温《ぬく》もりと布団に染みついた自分の匂いに安心して全身が弛緩《しかん》する。夜に歩き回った疲れが敷布団にとろとろ溶け落ちていくようだった。

外は風がまだ強く吹いている。かなり大きな音にもかかわらず、目蓋《まぶた》を閉じるとすぐに睡魔がやって来た。その闇に呑《の》み込まれる直前まで、和子はあの森と夜の草原に立つ馬の姿をまならうに見返していた。及ぶところ。及ばぬところ。自分が侵入してしまった夜の森とフクロウ。ワカが遊んだ隣家の畑。自分が呼ぶまではまるで知らない馬のようだったワカ。

外の風の音と、森の枝を揺らす風の音の記憶が、和子の耳の奥で二つ反響を繰り返した。その音に包まれながら、和子は夢もない深い眠りに落ちていった。

無力

数か月後、和子の家よりも落石の集落寄り、同じように馬と漁によって生活している家で、不可思議なことが起こった。種付けを予定している若い牝馬がすでに妊娠していることが分かったのだ。良血の牝馬で、近いうちに同じく良血の種馬を迎えていい仔を産ませる予定だった。しかも、本来の繁殖期からずれている。

馬の主は「どこで腹入ったんだべ」と首をかしげ、近隣の農家に探りを含めて愚痴ったが、祖父は全く知らぬ顔で通した。やがて牝馬は仔馬を産んだが、その後なかなかの馬に成長したため、馬主の不満はやがて消えたという。

この頃、馬やその繁殖を大事にしていたのは根室の農業者に限らない。明治期以降、国絡みで馬は増頭のみならず繁殖の質についても重視され続けていた。

もともと、維新以前の日本人は馬の品種改良や育種についての知識は乏しかった。飼育する馬は広大な野に放し、必要な時に集めて戦に使えそうな良い馬を連れ出しては使い潰《つぶ》した。交配は残った形質の劣る馬で行われ、結果、種としては長い時間をかけて鈍磨していったのである。

明治期に入り西欧文化が流入することは、家畜飼養の価値観が流入することでもあった。当然、馬についても品種改良による形質の向上が必要だと政府は理解する。同時に自覚する。この国の馬は小さい。気性が荒い。扱いづらい。これは西欧列強と国力を比較した際、明らかな弱点だった。

馬の資質を、至急研ぎ直さなければならなかった。亀裂《きれつ》を埋め、錆《さび》を落とし、刃をつけ、研ぎ直さなければ、戦争も農耕も欧米のそれに追いつけない。ではどうすべきか。政府は馬に関する部署を新設して、良い馬を効果的に増やす方法を考える。そうして思い至る。実行可能でかつ最大限に効果的な方法、大型馬を輸入すればいい。体が大きく、従順で、子孫を残せる、立派な牡馬を。彼らを、国内にいる全ての牝馬と交配させる。そうすれば、国産馬全てを海外馬と入れ換えるほどでなくとも、仔馬にその形質は確実に受け継がれる。

故に、日本の小さい牡馬は、もう仔を残す必要がないとされた。むしろ残してはならない。牝馬の腹は全て外国馬のために使われなければならない、と。

このために、日本の牡馬は悉く《ことごと》去勢されることが決まった。文字通りの根絶やしである。これ以上小さな形質の馬が増えることがないよう、牡馬は徹底的に繁殖能力を奪われた。そうすればこれ以降、全ての仔馬は外国馬を父に持ち、大きい形質を半分受け継ぐことになる。それが大きくなったら、また大きな個体同士を交配させればいい。このように計画的な交配を数代も繰り返せば、小さな馬が現出する可能性は低くなるという目論見《もくろみ》だった。計画は準備期間を経て実行に移された。

そうして、血と行き詰まりの果てに日本の馬は外の馬と交雑した。日本にもともといた馬の純血種は完全に淘汰《とうた》された。

政府の計画の下、完全に淘汰したのだと、そう思われていた。

だが実際には違う。例外はあった。管理しきれぬ馬が、人間の意図で血が混じることのなかった例が存在した。

例えば孤島。例えば辺境。政府の触れが届かない、あるいは住人がそれを遵守する気がない島では、政府の計画は実行されなかった。そこで長年飼われてきた牝馬牡馬はやはり彼ら同士で仔を残した。明治の、新しい政府が嫌う、小さな馬同士でなおも子孫は残されたのだった。

例外は北海道でも存在した。もともと使役する時期以外は山野に放たれていた馬達である。いざ一斉に集めて去勢せよ、と命が出ても、何万というすべての牡馬が人間の思惑通りに一か所に集まり唯々諾々と根切りされたわけではなかった。

追手から逃げて山野に留《とど》まり人の手に落ちなかった馬がいた。中には柵から逃れた馬もいた。そうした馬達が後に牝馬と交配し、小さな馬達はかろうじて残った。後の世で、希少な在来種として扱われることなど知らずに、馬はただ生き継いで自分達の形質を残した。

　当時、花島で祖父の捨造が貸し出し、使役されていた馬もまた、結果的に去勢を免れた。和子の祖父がまだ若い頃のことだ。当時の島は昆布運びのために数軒の農家から約十五頭が運び込まれていたが、それらは密《ひそ》かに去勢を逃れた。根切りされることなく、繁殖機能と環境に適応した小さな軀《く》体《たい》、そして頑固な気性を保った。

　祖父ら当時の馬飼いがそれを意図して馬を花島に連れていったのかどうか記録が残されている訳ではない。しかし結果として、馬の主らは生き残った種馬を繁殖に使用し、外国産馬の血が混じらない馬を残した。和子が世話している馬達も半分以上が純粋な和種だった。

　確かに彼らは巨大な体を有するブルトン種などからすれば骨格からして小さかったし、単純な馬力も劣った。しかし北海道の地で研がれた血はやはりこの地においてもっとも強靭であり、野に放たれても野草だけで冬を生き延びる強さは和種にしか見られないものだった。それは馬の主にとっても、ある種の誇りと呼べるものであった。

　祖父も、和子も、他の和種を飼養する馬飼いも、単なる利便面だけではなく和種を尊重していた。部分的に外国産馬の血統を使いながらも、やはり純血の和種は残すよう努め、近隣同士で繁殖計画が差配された。

こうやって自分達と共にあった道産子の血はずっと残されるだろうし、彼らが残る限り、馬と共に文字通り血肉を投じてこの地を拓いた自分達の歴史も消えることはない。祖父ら古い馬飼いはそう考え、その通りに道産子の血統を守り続けた。ワカもそのうちの一頭だった。

和子にしても、自分の未来を疑わなかった。女である自分はいずれ嫁に行くだとか、そういった面倒なことがあるだろうが、しばらくは祖父のもとで馬を育てていける。慣れ親しんだ和種を守っていける。そう考えていた。疑いようがなかった。祖父のようにもっと馬の扱いに上手《うま》くなりたかったし、特にワカをもっといい馬に仕立ててやりたい。厳しい環境においても、その未来は小さな希望として和子の胸に灯っていた。

＊

昭和三十年の夏。一家と馬の平穏は無慈悲に、そして突然崩された。和子のささやかな将来の展望と共に、文字通り、崩壊の音を響かせて。

和子がその強風のうねりを聞いたのは真夜中の布団の中であった。ひときわ大きな海鳴りのような音がドカンと響き、和子は目を覚ました。今まで聞いたことのない音だ。

その夏の日は前日から台風が近づき、風雨が強くなっていた。家の馬のうち、ワカを含む七頭は花島の昆布運びのため働きに出ていた。ワカが花島に渡ったのは初めてだ。他の仲間はいずれも毎年島に渡って立派に働いてきた馬だから、あのおっちょこちょいも他に合わせて動くうちに仕事を覚えるだろう、和子はそう考えていた。仔馬の頃から手のかかったあのワカが、他の家で使われ立派に役割を果たせるというのは和子にとっても誇りであった。

大嵐を控えて、残った馬はもちろん全て、小屋の中に入れていた。馬小屋の屋根のトタンも吹き飛ばされないように風が強くなる前に打ち直しておいたし、やるべき外仕事は全て終えていた。先ほどの音が何なのか気にはなるが、少なくとも自分の家の敷地内で心配すべきことはない。

家の外で吹き荒《すさ》ぶ風の音を聞きながら、和子はワカのことを思い出していた。ああ、確かこんな具合の風の夜、ワカを探しに隣の畑まで行ったことがあった。あの時はおっかなかった。今頃は島で強い風に吹かれているだろうか。きっと他の馬とも一緒だから、寄り集まってなんとか風をやりすごしているだろう。秋に島からうちに引き揚げてきたら、たぶん何倍も筋肉をつけてたくましくなっているはずだ……。

布団の中でまどろみながら、和子は思い返す。あの恐怖は過去のものであり、教訓がきちんと身に染みて活《い》かされている今、どこか懐かしくさえ思い出される。ワカはもう人の言う事をよく聞くようになったし、花島に行って網元のもとで良く働いているはずだ。もう一か月もすれば帰ってくる。そうしたら、角砂糖をあげよう。ワカは自分の手から喜んで食べることだろう。そして絶えまない潮風に苛《さいな》まれた体をこすって綺麗《きれい》にしてやろう。きっとワカは気持ちよさそうにする。

ああ。ワカに会いてえなあ……

布団の中で再び微睡《まどろ》むまでの間、和子はずっとワカのことを思い返していた。

朝が完全に明けきる前に、来客があった。花島で馬を使役している網元らの顔役だった。雨の中を急いで馬を走らせてきたのか、玄関前に留められた馬は雨に濡れながら白い湯気を上げている。顔役は全身ずぶ濡れで、極度の疲労と憔悴《しょうすい》を張り付けていた。

和子も茶の間に入ろうとしたが、ただならぬ雰囲気と「部屋に行ってれ」という祖父の鋭い一言で、何か悪いことが起きたのだという予感がした。茶の用意に立った母の顔は強張《こわば》り、青白くさえ見えた。

人払いをした茶の間からぼそぼそと、祖父と顔役の重い声が漏れ出てくる。「昨日」「崖が」「どうしようもねえ」「助けらんねえ」といった声だ。和子は布団から身を起こし、襖《ふすま》の近くに座って隙間から様子をうかがう。真剣な話し合いのようだ。

二人とも、「馬」とは言わなかった。「あれら」「あいつら」と呼んでばかりで、あえて核心から逃げるようにその動物の名を伏せる。しかし和子には確かに、花島の馬について話しているのだと分かった。

和子は体を流れる血が急に温度を下げていったように感じた。手指の隅々にまで冷たく行き渡り、筋肉をこわばらせて呼吸さえ苦しくする。嫌な予感がした。もう台風の中心は去ろうとしているのに、何かもっと嫌で危険な物事が迫っている気がした。

一時間の後、話し合いを終え、顔役が帰り支度を始めた。席を立つ前と玄関を出てからの二回、祖父に腰から折り曲げた深い礼をした。顔役が自分達に頭を下げるなど和子にとっては初めて見ることだった。

和子が着替えて茶の間に入ると、茶碗《ちゃわん》を片づけている母が明らかに青い顔をしている。祖父はどかりと座りこみ、項垂《うなだ》れたままで絶え間なく煙草をふかし続ける。和子はその背に向かって、かける言葉を探した。余計なことを言って叱られる可能性を考えながら、それでも、和子は核心を問う一言を発した。

「おじじ。花島の馬、なんかあったの？」

祖父の背中は答えない。答えを拒んでいるのか、返答を思案しているのかは分からない。返答を促すように、和子はもどかしく言葉を重ねた。

「ねえ。ワカは。ミコは。うちの馬と、隣の次郎坊《じろぼう》や、みんなは。馬はどうかしたの？」

沈黙の一秒一秒がひたすら重かった。やがて祖父がひとつ息を吸い、何倍もの時間をかけてゆっくりと吐き出す音がした。

「ゆんべの台風で、花島で崖崩れが起きた。下の船着き場まで下りる道、全部崩れたそうだ」

崩れた。その言葉を聞き、和子は明け方の大きな音を思い出した。眠りから引きずりだされたあの、大きな海鳴りのような音。まさかあれが。

「もう崖の上にいた馬、下には降ろされねえ」

「ワカは」

「ワカも駄目だ」

駄目。その意味を察して和子の心臓が跳ねる。馬と花島をよく知る祖父と顔役が、一時間以上も話し合って出した結論。和子の息が自然、荒くなる。かつて、腸の病気で死にかけた馬を散々看病し、その果てに祖父が「もう駄目だ」と言った場面が思い起こされる。

まだ今現在、生きている。しかしもはや助けられない。もう、自分達の力は及ばない。その意味において、駄目という意味が暗く響く。

「俺らは結局、馬、使い潰さねば生きてかれねえんだ」

祖父はゆっくりと語った。

「俺らは、最初の最初っから。そういうもんなんだ。だから変えられねえんだ」

己に刻み込むような言葉だった。刺青《いれずみ》のごとく、痛みと共に刻み付けるような。

和子は馬を諦《あきら》めてしまった祖父に言いようのない怒りを覚えた。ほとんど初めて、祖父を殴りたい衝動にさえ駆られた。かつて嵐の夜、祖父は自分に馬を探しに行けと言った。そして恐れを超えて見つけ出し、ワカをきちんと連れ帰った。

おじじもそうすればいい。

和子はそこまで言いかけた。災禍の規模が違うとか、そもそも助け出せるものではないとか、そんなことは和子も分かっている。長く馬と接してきた顔役や祖父が助けられないと言うのであれば、半端な崖崩れではない。致し方ないのだとも。それでも、どうあっても祖父に言いたかった。馬を助けよ、助けねばだめだ、と。

それでもかろうじて、見たこともない小さい祖父の背中を見、全力でもって直截《ちょくせつ》の言葉だけは抑えた。祖父を詰《なじ》りたい自分の気持ちと、あれほど馬を大事にしてきた祖父の無力感を天秤《てんびん》にかけ、決定的な一言だけはかろうじて堪《こら》えた。

しかし和子は無意識のうちに唇を噛み、その痛みを感じながら、選んだ言葉を腹の底から絞り出した。自ら、呪詛《じゅそ》のようだと思った。

「おじじ、これまであんなに、あんなに、馬、大事にすれって言ったべや。いっつも

いっつも、言ってたべや」

言葉の最後は掠れた。言い放つのに躊躇《ためら》いはあった。祖父が馬をいかに大事にしてきたか、それを知りつつあえて責める、その非道さを和子は知っていた。そしてそれでも、責めずにはいられなかった。

怒鳴り返されるのを覚悟して和子は身を固めたが、祖父は背中を向けたまま黙っていた。更なる責めがあっても進んで負おうとしているようにも見えたが、和子はもう口を噤《つぐ》んだ。家族たる、財産たる馬を見捨てねばならぬ祖父の多大な心痛が、その背からにじみ出ている。やがて祖父は大きな溜息をついた。消え入りそうな最後は、嗚咽のようにも聞こえた。

「及ばれねえ。及ばれねえモンなんだ。もう、だめだ……」

言葉からは軋《きし》むような痛みが漏れていた。あの夜、行方をくらました馬のために怒った面影はどこにもない。その背は小さく、ただの憐《あわ》れな老人に見えた。

そのまま縮んで固くなり、やがて一個の石になってしまえばいいのに。和子はそう思った。私の掌に収まるぐらいに縮まったら、海へと投げ捨ててあげる。落石の岬から、花島にいる馬達の方に向かって力の限りに。そして波頭に砕けて沈めばいい。私もその後を追うから。何もできずにいた、馬に何もしてやれずにいるこの私も、花島の下でいっそ朽ちてしまいたい。

一度、馬を運ぶのを手伝い花島に渡った時のことを思い出す。縄をかけて馬に海を泳がせ、苦労して船で引っ張って島まで運ぶのだ。初夏で、浜から崖を登って辿りついた平原は若い緑に溢れていた。そこかしこで遅いスカシユリやアヤメが咲いていた。海水に濡れた体を震わせ、その平原で草を食む彼らの姿は自由そのものだった。強い風に吹かれるまま鬣を乾かし、己の望むままに走り抜ける。初夏の青空の下で見たその風景を、和子はひどく懐かしく思い返した。可能な限り細部まで。馬が自由に島を駆け、彼らの懐かしい体臭が風に乗ってそよぐ様《さま》でさえ。

もう二度と取り戻せない彼らは、あの場所に留まり、自由で、奔放に生き、そしていずれみな死ぬだろう。

「ワカ」

もう届かない名を呼んで、和子は祖父に背を向けしゃがみ込んだ。沈んだ室内は二人分の嘆きと後悔と慟哭《どうこく》に満たされたが、けっして互いに交わることはなかった。

＊

一家の暮らし向きは激変した。馬の半数近くを失った和子の家は目に見えて実入りが少なくなり、まず祖父が釧路《くしろ》の町まで働きに出かけた。母も近隣の地引網の手伝いに出たり、近隣で酪農をしている家へ集乳の仕事に出たが、子ども達の今後を考えると、楽に暮らしていけそうもなかった。

そんな折、十勝は芽室《めむろ》にある母方の実家が小豆価格の高騰に伴い、作付けを増やすことになった。これまでの倍の人手が必要で、窮しているのなら悪いようにはしないから一家皆でこちらに来ないかという誘いがあった。畑仕事であれば、子ども達でも十分働き手となるから実に助かるという話だった。

すでに根室あたりに和子の住み込み奉公先を探そうかというところまで窮していた一家に、その申し出を拒む手はなかった。話を聞いた祖父は一昼夜黙りこくって考え抜いた揚句、首を縦に振った。

出戻りではなく十分な戦力を期待されて実家に帰れることになった母親は人が変わったように活き活きとし、一家で十勝へと移る手はずを整え始めた。

芽室で十分に手伝いさえすれば、高校にも通わせて貰えるかもしれないと聞き、和子はいっとき喜んだ。しかし辺境とはいえ住み慣れた生地を離れることは不安そのものであり、なにより花島の馬達から離れることが和子には辛《つら》い。たとえ自分の手で助け出し再び共に暮らすことが出来ないのだとしても、せめて彼らの気配があるところで、自分達の責《せき》を感じながら暮らしていたかった。

しかしそれさえ叶《かな》わない事情が理解もできたが故に、和子は流されるままの自分の身を呪い続けた。

業果

一家が十勝へと移り住む段取りは迅速に進められた。

家族が親戚《しんせき》やそれぞれの知己に移転を伝えると、皆一様に残念そうな顔をしたが、無理に引き留める者はいなかった。大人は特にその傾向が強いようだった。新たな地を求める人間の流入が多かったこの地域は、また同時に希望を砕かれ去る人を見送ることにも慣れている。花島の一件で馬を失った事情を知る者達は特に、残念だと頷きつつ一家の移住に納得した。

多くの物を整理する必要があった。最初に、残っていた馬が売られていった。昔なじみの馬喰達がそれぞれ数頭ずつ、相場よりは少し高めの値段で引き取っていった。この家の馬ならば、と最終的な買い手である農家が信用して金を出してくれたためだった。一家にとっては馬を失った失意の中でも、これまで培ってきた信頼と人の温かさが沁《し》みた。

馬達が連れていかれるのは和子が学校に行っている間が多かった。帰宅すると、一頭、また一頭と残っていた馬が消えている。まるで櫛《くし》の歯が抗《あらが》えず欠けていくようだった。祖父が自分の不在中を狙って馬を引き渡しているのではないかと和子は訝しんだが、かといってその場に幾度も立ち会えるほど、自分の気持ちを強く持てそうもなかった。せめて、朝の餌やりの際に一頭一頭、これが今生《こんじょう》の別れとなっても後悔しないよう体をさすってやるのが精一杯だった。

一番最後に残った二頭は山田老人が買い取ることになった。一番良い牝馬と三番目に良い牝馬である。他にも、鞍《くら》やら餌桶やらを引き取ってもらうことになったため、引き渡しの約束を日曜日として、和子も作業を手伝うこととなった。

山田老人はいつもの調子で自分の馬に馬車を牽かせてきた。

「花島の件、残念だったなぁ、本当に」

と捨造と和子に挨拶《あいさつ》し、あとはいつも通りに馬を値踏みする。その間、和子は掃除しておいた手綱やハミ、餌桶などの道具を荷台に積み込んでいった。合間に、馬の体を調べる老人と祖父との会話が聞こえてくる。

「体ば達者にな。なによりそれさ。馬屋が畑屋んなったら、きっと真っ先に腰痛めるべよ」

「なんもだ。腰痛くなったって、働いてる方が俺ぁ楽だもの。どうせ老い先長いわけでもねえんだ。世話んなる家の出面《でづら》ひとつできねえでどうする」

「畑耕すのに馬、使うんだべ。そしたらそっちでも手伝えるべや」

「世話だけだらともかく、プラウの使い方やら、今更この歳で俺ぁ分かんねえべし。それに畑屋で馬使うのと、馬屋として馬育てんのでは、まるでちがう」

「そうか、そうだな。そうかも知んねえな」

山田老人は話しながら馬の体格、筋肉のつき方、脚、そして目を確認していつものように胴巻きから札束を取り出した。その中から何枚かをごそりと抜いて、捨造へと渡す。多めだと和子の目からも明らかだった。老人はそれからさらに数枚、紙幣を押しつけてきた。

「あとこれな。これ、馬具代っちゅうほどでもねえけど、餞別《せんべつ》代わりに預かってくれな」

「いらねえよ。馬の金もきっちり貰ったのに、今更こったら古ぃ道具押し付けといてこんなの」

「いいって。自由に使える酒代にでもしてくれや」

山田老人が強引に紙幣を握らせると、祖父は軽く頭を下げてそれをポケットに突っ込んだ。そのまま煙草を出して勧める。二人がゆっくりと煙をくゆらせる様を、和子は馬車の荷台に腰を下ろして黙って見ていた。

「なあ。俺ぁさ。今までそれなりに辛抱してきたさ」

売った馬を眺めながら、祖父はぽつりと呟いた。人に話しかけたというよりも、堪えられず独り零《こぼ》したような声だった。

「生き汚くでも、生きねばなんねえって。そう思って必死にやってきたけども、なあ」

それきり黙った祖父の意を酌むように、山田老人が頷き言葉を継いだ。

「しんどいなあ。何の仕事やってもしんどくねえこと無《ね》えと思うけど、馬屋は馬屋で、本当しんどいもんなあ」

「ああ、本当そうだ。本当にさ……」

祖父は一度深く頷くと、首を下げたままひときわ大きく煙を吐き出した。和子は何を口挟むでもなく、馬車の上から自分の祖父と老馬喰の最後の一服をただ眺めていた。他に何もできようがなかった。

馬を繋ぎ荷を固定して、山田老人はやはり今回も家には上がらず帰ると告げた。

「和ちゃん、元気でな。十勝の夏はなまら暑いから、気ぃつけれよ」

別れ際、老人はそう言って和子の肩をぽんぽんと叩いた。和子は初めて、老馬喰の掌は厚く、皮膚は硬く、祖父と同じ手なのだと気づいた。その手で老人は荷物入れからいつものようにキャラメルを取り出して与えてくれた。和子はもう、こうして山田老人から駄菓子を貰うことはないのだろうと思いながら、感謝して受け取った。

和子と捨造は馬小屋の前で老人と馬が去っていくのを見送った。牧草畑の間にある道を、丘を上り下りする姿が遠ざかる。人も馬も、一度も振り返らなかった。ただ前を向いて歩いていくだけだ。その影が見えなくなった頃、どちらからともなく二人は家へと足を向けた。互いに一言も話さなかった。

家に入ると、母が荷物の整理に忙しく立ち回っているところだった。

「山田のじいちゃん、どうだった？」

「馬はそれなりにいい値段出してくれた。他にも古い引綱やら餌桶やらモクシも、全部引き取ってもらった」

祖父が受け取った金を数え、母に全て手渡す。その様子を和子は密かに驚きながら見ていた。これまで金の管理は主に祖父が行っており、特に馬を売った金をすぐ母に渡すところなど、和子は見たことがなかった。十勝の母の実家に世話になることが決まって以来、家の主導は既に祖父にはないことを和子は改めて理解したような気になる。

母は受け取った紙幣をさっと数え、まだ整理されていない簞笥《たんす》に仕舞った。

「案外なんぼにもなんなかったね。もっといくかと思ってたけど、まあ、しょうがない」

「ああ」

祖父は特に反論もせず、ストーブの隣に腰かけた。そのまま、ひどくゆっくりと煙草に火を点《つ》けくゆらせる。こんなに旨《うま》くなさそうな吸い方をする祖父を和子は初めて見た。知らず両手に力を入れていた。握り込んだ右の掌で、キャラメルの箱が僅かにひしゃげる。我に返って箱を開けると、妹と弟が目ざとく近よってきた。

「姉ちゃん、キャラメル貰ったの？　食べていい？」

弟妹は姉の手元を見つめて目を輝かせた。中身を出し、和子はちょうど半分に分けてそれぞれ弟妹に手渡した。

「姉ちゃんいらないからあんた達だけで食べな」

喜ぶ妹達の声を耳にしながら、和子は習慣で壁の時計を見る。もう夕方になっていた。ああもうこんな時間だ、と馬の餌やりに向かおうとして、足が止まる。もうこの家に馬はいないのだ。もう餌を待たれることも、ブラシをかけるのをねだられることも、脱走や病気で肝を冷やすこともない。小屋も残された堆肥と馬の匂いが残るだけ。空だ。

空っぽ。まさに祖父がそうだった。これまで和子が抱いていた『おっかない』側面が完全に消え去り、ただの粛々と縮こまった老人になり果てたように見えた。代わりに、威厳も強さも、まるで逆転したかのように母が力を示し始めていた。

その一方で、祖父の酒量は花島の一件以来、少しずつ増えてきている。和子は気づかぬ振りをした。それが祖父への歪《ゆが》んだ復讐《ふくしゅう》であることを自覚してはいたが、さりとて祖父に優しく接することはどうしてもできず、和子はその後も祖父に黙し続けた。ただ時折、祖父が小さく座って煙草を吸う姿を、自分の痛みとして胸に刻んだ。何を以《もっ》てしても失われてしまったものを贖《あがな》えない辛さが、孫と祖父との間に静かに共有されていた。

＊

その後も転居の準備と細かな所有物の処分は進み、七月の最終週、十勝へと移ることとなった。けっして物持ちではない割に、暮らしてきた時間だけ積もったこまごました品物も、ほとんどが荷造りするか人に譲られるかされた。

いよいよ明日はこの地を離れるという日曜日、朝から忙しく働いていた母が和子を呼び止めた。

「和子。おじじ、どこに行ったか知らない？　位牌《いはい》どう持って行くか訊《き》きたいんだけど」

言われてみれば家の中で祖父の姿が見えない。馬小屋や家の周辺は整理が終わり、外での作業はないはずだった。外出すると言っていた覚えもない。和子は長靴に足を突っ込むと、外へと走り出た。妙な予感がした。

暦の上では夏であっても浜の風は冷たく、濃い灰色の雲が空を覆っているため余計に寒々しく感じられた。長袖《ながそで》のシャツを着ていても、和子はもう一枚上に羽織ってくればよかったと後悔した。

まず馬小屋に向かうが祖父はいない。道具も敷き藁《しわら》も片づけられ、がらんとした空間に馬の匂いだけが僅かに残っている。和子は振り切るように扉を閉めると、その周辺や住宅を一周して祖父の姿を探した。

和子は少し考え、集落への道を歩いた。放牧地の起伏に沿って上下する道の、一番高い箇所まで来て家の方向を振り返る。家の周辺や近くの浜辺が一望できた。浜の一か所に、小さな人影が認められた。祖父だった。

捨造が一升瓶を片手に浜辺を歩いていた。これまで世話になった礼と花島の件の詫《わ》びを兼ねて、漁師の顔役が持ってきたものだ。花島で馬が帰還不能になった一件で、馬の持ち主達は漁師から一銭も貰っていない。簡単に払える額ではないのと、崖崩れのせいで今後花島が干し場として使えないことから漁師側の窮状を察した馬主達が、金子を受け取らないことを申し合わせたのだ。流石《さすが》にそれでは、と顔役が改めて詫びに来た際、持ってきた酒だった。根室では手に入らない上等の日本酒であった。

何をするつもりか。和子は道を駆け戻り、浜辺へと出た。距離をとって祖父の後を追う。その歩みは遅く、体は健康なのに全身に鉛を埋め込まれたような重さがあった。

春までこの牧場で馬達を率いていた、あの力強い面影はどこにもない。海は重い雲の色を映して灰色に横たわっていた。風は強くはないが絶えず沖から吹き付ける。呼応するように、浜辺で波が泡立ち、消えることなく砂に打ち付けられていた。祖父は足を引き摺《ず》るようにして波打ち際へと近づくと、そのまま海へと入った。濡れることも躊躇《ちゅうちょ》せず、祖父は夏なお冷たい海の中を進んでいく。和子は弾かれたように駆けだした。止めねば。その一心だった。向かい風の中を全速で走り、祖父の姿が視界に大きくなった時、祖父は突然歩みを止めた。

海水に腰まで漬かり、捨造は懐から何かを取り出して、そのまま海へと放り投げた。握り拳《こぶし》ほどもない黒い塊が放物線を描き、少し離れた波間に小さな飛沫《しぶき》が上がる。和子は石だろうと直感した。戦地に向かった父の血肉の代わりに帰ってきた、どこののとも知れぬ石。しかし毎日水と米を供えられていたあの石だ。それが、灰色の海に沈んでいった。

それから祖父は手にした瓶を開けた。底を両手で持って高く掲げ、逆さにして右へ左へと振りまく。透明な日本酒が海風になぶられ飛沫となりながら、灰色の海に同化していった。

和子はただそれを後ろから見ていた。これは、祖父にとっての儀式だ。祖父がここで得たもの、そして失われるしかなかったもの全てへの、区切りなのだと思った。

浄《きよ》められたはずもない。たかがそれしきのことで、戦死した父の魂の、花島に置き去りにされた馬達の、救いとなる訳がない。一心に海に酒を注ぐ祖父の背中を見ながら、和子の心は冷えていた。その行為が何の意味も持たないことは、感傷に過ぎないことは、祖父自身がきっと一番よく分かっているはずだった。

それでも、和子はその行為を咎《とが》め立てることはせず、一升瓶の最後の一滴が波間に落ちるまで、祖父の背中を見つめていた。

「おじじ」

酒を注ぎ終え、少ししてから声をかけても反応はない。和子も海の中に入っていった。夏だというのに水には全く温かみは感じられない。足をさらおうとする波の強さを感じながら、それでも和子は祖父のところまで来た。

「行こう」

肩に手をかけ呼んでも、祖父は空になった一升瓶を胸に抱いたまま、ただ石の沈んだあたりを見つめていた。

「行かねばない。行かねばなんないんだから……」

両手に力を入れて祖父の手を握り、波間を無理に歩いてようやく、捨造は動いた。浜風で乾ききったようにその表情に動きはない。和子の顔も固まり動かない。ただひたすら、祖父の手を引き、一歩一歩砂浜へと戻る。硬い手指が蠟石《ろうせき》のように冷えていた。手を引かれてついてくる祖父を振り返ることができずに、和子は自分の足元ばかりを気にし続けた。

その夜、一家は茶の間に集まって眠った。布団は処分してしまったため、夏なお冷涼な中、明日着ていく予定の一張羅の外套《がいとう》にくるまって横になった。もういない馬の嘶きの代わりに、潮騒が耳にやけに大きく聞こえてくる。家族の誰も、弟妹達でさえ余計な口を利かないまま、冷たい夜が更けていった。

翌日は、早朝から濃い霧にすっぽりと包まれていた。夏特有の海霧で、地元の人間はガスと呼ぶ。こういう日は密度の濃い湿気が髪も服もじっとりと湿らせ、夏だというのにやけに肌寒く感じられる。

一家は残った荷物を背負い、各々忘れ物がないのを確認した。馬も馬車も手放したため、近所の農家が馬車に乗せて皆を集落まで連れていってくれることになっている。そして小さな駅から汽車に乗り、釧路へと向かうのだ。さらに釧路で乗り換え、母の実家であり、一家の新たな生活の場となる十勝へと行く。六時間以上はかかる道のりだった。

和子は当座の着替えや勉強道具などをまとめた風呂敷《ふろしき》包みを背負い、立ち上がった。玄関で一度だけ振り返ると、最後まで家の中にいた祖父が誰もいなくなった茶の間に手を合わせている姿が見えた。和子も倣おうかと一瞬思ったが、外から母の「早くおいで、もう迎え来てるよ」という声に後ろ髪を引かれながら家を出た。

やがてゆっくりと出てきた捨造と共に一家は馬車の荷台に乗り込む。濃霧のために慣れ親しんだ浜辺は見えず、波の音だけが絶えず霧の向こうから聞こえてきた。家族それぞれ自分の物思いに耽《ふけ》りながら長く親しんだ家を見つめていたが、馬車が二十メートルも道を走ると、全て白い靄《もや》のなかに消えた。

弟妹までも言葉少なに荷台に揺られ、ようやく駅へと至った。駅には友人知人や隣町に住む親戚までもが見送りに来ていた。家族はそれぞれ知己と言葉を交わし、互いの健康を願い合う。和子も友達と手紙を交わす旨を約束した。不思議と涙は出なかった。視界の端で、祖父が老人達と言葉少なに手を握り合っているのが見えた。皆、引退したか引退間際の馬飼い達だ。祖父にとっては特に長い付き合いとなる人達だった。

遠方へ出かける機会も少なかった和子にとっては、汽車に乗るのは久しぶりのことだ。いつもなら遠出の際はうきうきと胸躍るものだったが、故郷を離れねばならない今となっては、胸が固い泥を詰められたように重い。母に促されてかろうじて顔を上げ、見送ってくれた親戚や友人数名に手を振った。

ホームの端までも見えない冷たい霧の中、なにごともなく汽車の車輪は回り出す。見送りの姿は霧に紛れてすぐに見えなくなった。汽車はすぐに小さな集落を抜け、海沿いの草地を西へと走る。

汽車に乗って嬉《うれ》しさを隠しきれない弟妹を横目に、和子は窓越しに外を見ていた。濃い霧の向こうで流れ去っているはずの故郷の地に思いを馳せた。身に親しんだ根室の、晩夏のむせかえるような草の香りや、強い潮風のわずかに生臭いような香りが時折鼻先に蘇っては消えていく。汽車が走るごとに沈んでいく和子の気持ちとは裏腹に、和子の記憶の中では太陽を受けた緑の草原も、穏やかに波打つ海の青さも、その身に風を受けて走る馬達も、何もかもが輝いて夏の日光を享受していた。

祖父は腕を組み目蓋《まぶた》を伏せたまま動かない。眠っているように見えたが、頑《かたく》なに外も見ず小さく凝った姿は、ある種の苦行のさ中のようにも思えた。この年齢で長く慣れ親しんだ根室を離れては、恐らくはもうここに帰ることもあるまい。その景色を目に焼き付けるのではなく、記憶の中の景色をただ悔恨と共に思い返している、和子の目にはそんな様子に見えた。

汽車は丘に差し掛かり、ゆるやかな傾斜を登っていく。丘の上方に到って、突然霧が晴れた。海沿いの低地に溜《た》まっていた海霧の塊を抜けたのだ。少しばかり俯瞰《ふかん》するような角度で、眼下には一面の霧が綿のように固まっている。雲海にも似た景色の中、遠くでぽつりと陸地が見えた。汽車からの距離やその形を思い、和子は思わずあっと声を上げた。

花島だった。花島の、せり上がった台地の部分だけが霧の上に浮いて見えていた。和子は身を乗り出す。思わず声さえ出しそうになる。そこに残された馬の姿が、できることならワカの姿がありはしないかと思ったが、どれだけ目を凝らしても緑色に見える島上部が霧の中ぽつりと見えるだけで、そこに生きる何ものの姿もない。

やがて汽車の走行につれて、霧の中にある島は後方へと流れて小さくなる。

座ったきりの祖父は島を見ない。あの島がすぐ近くにあることは分かっているはずだが、何もかもを諦めて、車窓の外に見える花島を顧みることはない。そうしているうちに、島の姿は霧の中に完全に消えた。

もう島は見えない。しかし和子は知っている。和子の目は彼らを幻視する。確かにワカら馬達はそこにいる。我々が結果的に放逐してしまった彼らが、今も地を踏み締め、島を渡る風の音を聞きながら存在し続けているのだ。自分のいる場所から今はもうあんなにも遠ざかったあの島に。

「もう、及ばねぇ」

和子の呟きは、車窓から入ってくる風の音に紛れて誰の耳に入ることもなかった。もう別の所で生きてるんだ、もう及ばねえ、と心の中で呟いた。彼らに会うことはもう二度とないだろう。

いや、そうではない。自分達がもう、変わってしまった。彼らにもはや寄り添うことも叶わず、この大地から逃走し、離れざるを得なかった。ワカ達は今も花島で生き続けている。しかしもうそこに人間は、主人たる和子も、和子の父も、捨造もいない。もう、私とあの馬は、道を同じくしないのだ。どうあっても取り戻せないのだ。

楔《くさび》のように心を刺す事実を悟り、和子は目を閉じた。流れ出そうになる涙を必死でこらえた。眠ったものと勘違いしたのか、母が和子の肩に掻巻《かいまき》をかけてくれる。暖かい。暖かいが、和子には馬達が今感じているであろう夏なお冷たい海風の方が恋しい。せめて記憶に残る鋭い風を感じるために、和子は強く目を閉じた。

第三章　凱風

忘却

「馬ぁ、あれ、まだおるべか」

ひかりが一週間ぶりに祖母、和子の声を聞いたのは、病院の集中治療室《ICU》の中だった。倒れる前とはまるで違う、か細く弱々しい、病人の声だった。

前触れのほとんどない脳卒中だった。前日までは日課のウォーキングで一万歩を歩いたのだと家族に歩数計を見せて自慢していたのに、朝食の後、祖母は突然床に倒れたという。

ひかりの携帯電話にその連絡が入った時、彼女は大学に行くために車を運転していた。母の取り乱した声からなんとか事情を知り、これ以上ないほど急いで総合病院に駆けつけた時には、医師が緊急手術の同意を母に求めているところだった。

同日中に行われた開頭手術は無事に終了した。不具合の出た血管が取り除かれ、再び血が問題なく祖母の脳を巡るように施された。しかし、一両日中に全身麻酔から目覚めるだろうという医師の説明に反し、祖母は大きく鼾《いびき》をかいて昏睡《こんすい》を続けた。起きない。起きるはずだとされる時間を六時間、十二時間、三十六時間過ぎても祖母は眠り続ける。

手術か、あるいは麻酔のミスか。医者も家族も肝を冷やし、昏睡が長引けばこのまま意識が戻らない可能性もある、と担当医が静かすぎる説明をした。同居家族であるひかりと母の二人は大いに憤り、嘆き、絶望した。腹の奥底に大きな石をいきなり押し込まれたような痛みさえ感じたが、身内の悲嘆をよそに、祖母はただ眠り続けた。

倒れてからちょうど一週間後に、祖母はようやく意識を取り戻した。

この時ＩＣＵで傍にいたのはひかり一人。仕事でどうしても長い時間は付き添っていられない母の代わりに、家庭教師のバイトを休み、様子を見に来たのだ。清潔で、静かで、計器の音が響く部屋に祖母は変わらず横たわっている。ひかりは深く長い溜《ため》息《いき》をつきながら、祖母の肩口をさすった。希望にひとすじ、諦《あきら》めが入り始めたような気がした。そうしてすっかり縮んだように見える細い肩を撫《な》でていた時、突然に祖母がぱっちりと目蓋《まぶた》を開いたのだった。そのまま口を開き、弱々しく声を出す。

「う、ま。うま、は……」

鼻に栄養チューブが挿入され、口内も乾いているため、以前の張りのある声からはほど遠い。しかし確かに聞こえた声にひかりは驚き、歓喜した。ぱっちりと開かれた祖母の目を覗《のぞ》き込み、頬や肩を軽く叩《たた》く。

「おばあちゃん起きた？　分かる？　わたしだよ、ひかりだよ！」

刺激で意識が強く呼び戻されたのか、祖母は最初よりはっきりと発音した。

「馬ぁ、あれ、まだおるべか」

「馬？　おばあちゃん、馬ってなんのこと？」

「島のさ。島の、あれは、あれは……」

ぼうっと宙を漂っていた目が次第にしっかりし、視点が目の前のひかりに合う。今度はより唇がしっかり動き、「ひかり？」と呟《つぶや》いた。

「そうだよ、ひかりだよ。おばあちゃん倒れたの覚えてる？　もう一週間も経ってるんだよ。手術までして、心配したんだから。でももう大丈夫、大丈夫だから」

安心から一気にまくし立てる孫娘を、祖母は不思議そうな顔で見ていた。ひかりがナースコールを押してスタッフが来るのを待つ間も、寝たまま首を横に動かして自分に繋《つな》がれているチューブや機械を怪訝《けげん》そうに眺めている。

「ああ本当に良かった。そうだ、お母さんにも連絡しなきゃ。おばあちゃん、体は動きそう？　手とか足とか、両方動かせる？」

「ああ、動かせる……たぶん」

布団の中で四肢がもぞもぞと動くのが見える。ひかりはほっと息を吐いた。今のところ麻痺《まひ》などはないようだ。以前の通りだ、なにもかも元に戻る、そう信じた。

「それで、馬はどうなったべねぇ。あの島の馬は」

「……馬？」

徐々に、ひかりは自分の体を流れる血が冷え始めるのを感じた。目覚めた祖母は素直に、当然のことのように馬について訊《たず》ねてきた。最初は寝ぼけているのかと思ったが、その視線は目の前の孫に注がれているように見えて、視点が合っていない。意識はどこか、ひかりの知らない場所に持っていかれているように思われる。祖母の内面で、何か決定的なことが起こった。起こってしまったという予感がする。

「ねえ、馬はどうなったんだい。ねえ……」

疑問に答えられるはずもなく、ひかりはただ固まって祖母を見ていた。この小さな頭の中で何が損なわれたのか。あるいは何かが付け加えられたのか。判別などまるでつかないままで。

ひかりにとって祖母は育ての母ともいえる存在でもあった。母親はちゃんといる。だが彼女を育てたのは実質的に祖母だった。

母親は結婚をしないままひかりを出産した。アトランタ五輪の年だった、と祖母はしきりに言っていた。娘が突然未婚の母になると分かって大混乱の年だったが、女子マラソンで日本人が銅メダルを取った日に出産したので、ダブルでめでたかったのだ、とよく笑って語った。

母は今、道職員として忙しく働いている。祖父母は幼いひかりを預かり、唯一の孫として大事に育ててくれた。市の職員として勤め上げた祖父は退職した翌年に病で急逝したが、それからは祖母一人でひかりの面倒をみた。食事を作り、叱り、参観日に出席し、折に触れて様々な話を聞かせてくれた。

祖母の話は自分の子ども時代の事が多かった。根室の僻地《へきち》で生まれ育った頃の、懐かしい故郷の話。馬を育て、馬と暮らす生活。豊かな恵みをもたらす前浜での、初夏は昆布干し、秋は鮭漁、初冬は冷たい海に膝《ひざ》まで浸《つ》かっての岩ノリ採り。

海から距離のある十勝平野内陸で育ったひかりにとっては、海近くでの生活は絵本に書かれた遠くの世界のように思えて楽しかった。話しながら祖母は微笑みをたたえ、しかしその瞳《ひとみ》は目の前のひかりを見てはいなかった。どこか遠くに焦点が向けられ、語る言葉の温かみは過去の自分や家族へと向けられているようだった。

その祖母の話のうち、数少ない悲しい話の一つが馬との別れについてだった。大事に育てていた馬を、働きに駆り出されていた無人島から連れ帰れなかったこと。それがもとで一家は故郷から十勝に移らなければならなかったことなどを、賑《にぎ》やかな田舎生活の話に紛れて、時折静かな声で話してくれた。

幼稚園児だった頃のひかりはその話を聞き、無邪気に訊ねる。

「じゃあ、そのお馬さん、みんな死んじゃったの？」

「死んじゃったと思ったよ、おばあちゃんもね。でも違った。あの群れにはオスもメスもいたからね、子どもが生まれたんだって。その子どももそのうち赤ちゃん馬を産んで、まだ生きているんだって。新聞にその写真が載っているのをおばあちゃんは見たよ。間違いなく、あの馬達の子孫だった」

よかったねえおばあちゃん、そう言おうとして、幼いながらにひかりは祖母が喜んでいないことを少しだけ察した。そして素直な疑問を口にする。

「じゃあ。じゃあさ。がんばって島から帰ってくればいいのに。おばあさん馬と、おかあさん馬と、まご馬とで、海を泳いで帰れないの？」

「それがねえ。馬はみんな、どうしても島から出せないんだ。道が崩れちゃって。だから、あの島にずうっといなきゃならない」

「ふうん」

ひかりは思う。自分だったらそれはいやだな。色々なところに行ってみたいもの。島っておっきいところなのかもしれないけど、ずっとそこにいるのはタイクツだしタイヘンだろう。それに、おばあちゃんは、かなしそうに馬の話をしている。

「さみしいね」

「だべな」

東の小さな島の話。祖母が何十年にも亘《わた》って忘れられず、時を経てなお深く心を抉《えぐ》り続ける孤島の馬。昏睡から目覚めた第一声で言った馬とは、もしかしてこの話のことではないか。ひかりは電流のように幼い頃を思い出す。記憶を辿《たど》り、そこに現在の自分の解釈を差し挟む。そして考える。

帯広《おびひろ》市のベッドタウンに住んでいる女三人の一家は現在、馬との関わりは何もない。近隣には家畜改良センターがあり多くの馬が飼育されているが、実際に接する機会は乏しい。しかし、祖母が特別に馬が好きだという話はこれまでしょっちゅう語られてきたことだ。生死の間《あわい》を漂った果てに意識に上ったのは、おそらくあの島に残された馬のことにちがいない。

……人ではなく、馬のことなんだね、おばあちゃん。

ひかりは知識として分かってはいた。よく認知症の老人が現在自分を取り巻く状況はあまり理解できないのに、こと昔に関しては実に鮮明に覚えていることがあるのだと。年老いた人にとっては過去が重みを増していくのだと。だから自分の祖母も例外ではなく、亡くなった夫のことでも、生活を共にしてきた娘や孫娘のことでもなく、馬について真っ先に言葉が出たのだろう。分かってはいたが、その事実はひかりの心に棘《とげ》のように刺さった。

意識を取り戻し、いくつかの検査を経て、祖母は一般病室に移された。手術自体は成功している。CTでもMRIでも見た目上の異常は見られない。しかし、現実に祖母の体には脳機能障害が残った。体は万事動かせるし言葉も明瞭《めいりょう》だが、意識がまるで寝起きのままでいるようにはっきりとしない。半分夢の中にいるような状態で、こちらの問いかけに答えはしても、それが正しい回答とは限らない。そして朦朧《もうろう》とした会話の中で、時折、やはり馬の話をする。そんな時は特に、ひかりが知る祖母の話し言葉と比べ、極端に訛《なま》りが入っていた。

「まだ生きてるべかねえ。あんな、木も生えないとこで、しんどいべな……」

「うんそうだねえ、大変だろうねえ。さあ、心配しても体に悪いから、少し寝ようか、お母さん」

「だねえ。寝ようかい」

ひかりの母に手伝ってもらい、祖母はゆっくりとベッドに横になった。体力を使ったのか、すぐに目を閉じる。ひかりがタオルケットを広げて体に掛けた時には、ゆっくりと寝息をたて始めていた。その様子を見届けて、仕事で無理に半休をとって駆けつけた母はふぅ、と溜息をついた。ひかりは「いっつも一緒」と呟く。

「今日も馬のことばっかり喋《しゃべ》ってた。おばあちゃん、そこまで馬好きだったっけ」

「まあそうね。おばあちゃんの実家は十勝に移るまではずっと馬の家系だったらしいからね。好きとかそういうの以前に、染《し》みついてるんだと思うわ、お母さんは」

だから仕方ない、母の横顔はそう言っているようだった。

ひかりの母は、外見は何も変わらずとも何か決定的な変化を迎えた実の親を前に、気丈に振る舞っているようだった。管理職の仕事の合間を縫って病室に通っては、祖母の頓珍漢《とんちんかん》な言葉にも話を合わせ、医師には回復の見込みについて詰問した。それは、ひかりには不可能な形での現実の受け入れ方であったし、母のその姿勢はひかりに頼もしくもあった。

ただ、二、三日に一度程度、母は打ちひしがれたように疲れた様子を見せた。帰宅して、しばらく何もせずにリビングのソファーでぼうっと座りこんで動かないのだ。実の親が変わり果てる、その現実を、黙って肩を震わせて耐え忍んでいるようだった。そんな時、ひかりは可能な限り寄り添《そ》うよう努めた。特に何か言葉を掛けることはない。ただ、無言のままに同じ場所に留《とど》まり、家族の辛苦を共有するしかなかった。

＊

祖母のもともとの実家は根室付近で農漁業をしていたのだとひかりは聞いている。北海道に移ってくる前は福島で、やはり農家をしていたらしいと祖母は語っていた。

祖母が知る一族最初の話はやはり馬について。ひかりの祖母の曾祖母《そうそぼ》、ひかりから数えて五代前の女性は、冬山で遭難した際、馬を食べて生き延びたのだそうだ。真偽については確認のしようもないが、多少の誇張はあってもあり得ない話ではないとひかりは思っている。

遭難した女性の息子、つまり祖母にとっての祖父にあたる捨造という男性が一頭の馬と共に北海道に渡り、北海道での一族の生活が始まったという。

祖母は自分の祖父のことを「じいちゃん」「おじいちゃん」という呼び方ではなく、「おじじ」と呼んだ。ひかりに昔のことを話す時に「おじじ」と口に出す際、どこか素朴な温かみが漂った。

頑固で怖く、馬を非常に大事にした人だったと祖母は懐かしんでいた。根室での暮らし向きが傾き、一家が縁を頼って十勝に移ると、「おじじ」は急に弱々しくなり、晩年は身も心もすっかり縮んだようになったそうだ。

祖母は倒れて現在と昔の記憶の間を行きつ戻りつするようになっても、自分の祖父を「おじじ」と呼び続けた。昏睡から覚めて日が経つにつれ、特に「おじじ」についての記憶をよく辿っているようだった。

学校帰りにひかりが見舞いに行くと、祖母はベッドの端に腰かけ、窓の外をじっと見ていた。その体は倒れる前よりも一回り小さく、髪も密度を無くしたように思える。これまでひかりは、祖母を「おばあちゃん」と呼びながらも、老人とは思っていないところがあった。子どもの頃に力強く自分の手を引いて育ててくれた記憶が勝り、いつまでも元気でいるものと思い込んでいた。

今、祖母はしわしわで薄っぺらい両手を膝に乗せ、ひかりの来訪にも気づかず外を眺めている。外の風景は住宅と雑居ビルが立ち並ぶばかりで、ひかりの目から見ても興味を惹《ひ》くものはなにもない。祖母も、ただ顔を窓に向けているだけで、目の焦点はどこか遠く、自分の記憶の遥《はる》か彼方《かなた》に向けられているようだった。

「おばあちゃん、こんにちは。ひかりだよ。分かる？　ひかりがお見舞いに来たよ。調子どう？」

ひかりは祖母の記憶の間に割り込むようにして顔を覗き込んだ。小さな瞳孔《どうこう》が収縮して目の前にいる人物に像を結んだようだが、「ああ」と小さく呻《うめ》いたきりでそれきり反応は薄い。

「ほら、おばあちゃん。ひかり、おばあちゃんの孫だよ。分かる？　午後であったかいし、眠くて分からない？」

道化たようにわざと明るく言う。わずかに、義理のように祖母は目を細めて微笑んだ。しばらく声を出していなかったのか、時間をかけて乾いた唇を開き、声を絞り出す。

「おじ、じ」

え？　とひかりが聞き返すと、今度は明瞭に「おじじ」と繰り返した。目の前の孫と記憶の中の祖父とを混同している。共通しているのは祖母の肉親であることぐらいしかないというのに。ひかりが掛ける言葉を探していると、ゆっくりと違う言葉を紡ぎ始めた。

「ごめん。ごめんな、おじじ。島から馬、出されねえ。あたしも、結局馬、助けられんかった……」

みるみるうちに祖母の顔がくしゃりと歪《ゆが》み、目が潤み始めた。ひかりは返答せず祖母の体を抱きしめる。清潔な洗濯物と、急に強く感じられるようになった老人特有の体臭が入り混じった匂いがする。

ひかりの肩口から細い嗚咽《おえつ》が聞こえてくる。呼応するように自分の涙腺《るいせん》が反応して、ひかりは目を閉じ必死で耐えた。耐えろ。泣かずに耐えて、私は自分にできることを考えなければならない。

ひかりは宥《なだ》めるように祖母を強く抱きしめる一方で、あることを考えていた。自分はこの祖母の病を治してやることはできない。元の姿に戻してはあげられない。せめて重すぎる憂いを。変えられなかった過去を、全て解放してあげたい。その方法を、必死で考え始めていた。


ひかりが病室を出ると、廊下の突き当たりにある休憩コーナーで母が椅子に座っている姿が見えた。パンツスーツで脚と腕を組んでいる。傾き始めた午後の光が窓から入りこんでいる中、項垂《うなだ》れた表情は陰になって見えない。ひかりが近づいても、顔を上げなかった。深く考え込んでいるか沈み込んでいるように見えた。

「来てたんだ、お母さん」

声を掛けられ、ようやく母はひかりの存在に気づいたようだった。目の下には化粧では隠し切れないクマが刻まれている。

「最後の予定だった会議がキャンセルになったから来たんだけど、ひかりがついててくれたみたいだから、少し休ませてもらってた」

「そっか。おばあちゃん今、起きてるから会うといいよ」

「そうだね、うん、今行く……」

そう言いながらも母は腰を上げないままだった。そしてゆっくり両手で顔を覆うようにして大きな息を吐いた。その指が以前よりも細くなったとひかりは気づく。母の発する哀しみが息と共に吐き出されて、周囲の空気を満たしていた。ひかりは黙ってその隣に座ると、携帯電話使用可能エリアの張り紙を確認してスマートフォンの電源を入れた。

「何してるの。バイトの連絡？」

「いや、ちょっと調べものが」

こんな時にスマホなんていじって、と少し非難めいた目の母をあえて無視して、疎《まば》らな記憶をかき集めて検索してみる。

「調べないといけないことがあるの」

真摯《しんし》な、というより切迫したひかりの声に、母は少し怪訝な顔をしながらも、再び目を閉じ自分の苦痛に向き合い始めた。横目でその様子を見ながら、ひかりは次々と心に浮かんだ言葉を打ち込んで情報を求めていく。

根室。孤島。花島。馬。野生馬。道産子《どさんこ》。

結果はすぐに出た。――根室の南側沿岸に浮かぶ孤島、花島。そこではかつて馬達が昆布漁の大事な相棒として使われていた。しかし昭和三十年に道内を襲った巨大台風により、馬が放牧されていた崖《がけ》の上と船着き場を繋ぐ道が崩壊、十三頭の馬が取り残された。救出は不可能だった。

以後、人間の手が入らないまま馬達は繁殖し生き延びる。その生態は野生馬に近いものとして研究の対象となるが、厳しい環境に淘汰《とうた》され現在ではその数は極少、直近の調査では残りは一頭だけで、絶滅は時間の問題である。なお、島は市の特別自然保護区に指定されており、一般人が立ち入ることはできない――

いくつかのサイトからの情報を総合するとそんなところだった。要した時間は五分ほど。祖母がかつて話していた内容と概《おおむ》ね同じだ。脳機能障害になっても祖母が忘れられず、拘《こだわ》り続ける憂いの情報がたった五分で把握できた。その呆気《あっけ》なさに、ひかりは自分が検索しておきながらも、何か苦いものを飲んだ気がした。

ただ、検索結果についてひかりが少なからず驚いたのは、検索の上から五番目の結果にひかりが通う大学の名と、そこに在籍するサークルのレポートが載っていたことだった。

『十勝畜産大学馬研究会』

大学の公認サークルだ。なんでも、許可を取って年に一度、花島に渡り現地の馬の数の確認、生態の観察、および島内環境への影響を調査しているということだ。

ひかりはそのページをブックマークすると、スマートフォンの電源を切った。なおも項垂れている母の背を軽く叩く。母は頷《うなず》き、二人揃って椅子を立った。そのまま硬い床をゆっくり歩いて祖母が休む病室へと黙って向かう。母子は半端な言葉などではなく、無言によってしか今この痛みを共有できない。それをお互い知っていた。

しかし今、沈黙の向こう側で、ひかりは先ほど見た検索結果を思い返していた。祖母の過ごした土地が今どうなっているか。祖母の憂いが現在どんな状態なのか。そして自分にできることは何なのか。目の前に糸が垂れているように思えた。

どこに繋がっているか、切れはしないか、今そんなことは後回しだ。か細い糸でも、今は必死に摑《つか》まなければならない。これまで祖母に育ててもらい、そのお陰で希望の学校に進学し、自分では無茶をしない代わりに大きな不幸にも見舞われずに生きてこられた気がしている。

このまま粛々と弱っていく祖母をただ見続けていくのは嫌だ。ひかりは強くそう思う。何かをしなければ。祖母のために、自分ができることを。

そのために、必死で縋《すが》れるなにかが、祖母が残した馬にあるような気がしていた。

一歩

　ひかりの通う国立大学のキャンパスは帯広市街の南側に位置していた。広大な敷地は緑豊かで、何棟もの研究施設のほか試験圃《ほ》や牧場を有している。ベッドタウンである隣町から通うには距離があり、公共のバスも便は多くないので、ひかりは大学入学以来、軽自動車で通学している。中古で年式も古いが故障することなくよく走る。祖母が進学祝いにと見つくろい買ってくれた車だった。ひかりの進学を本人以上に喜んだのが祖母だ。祖母に孝行らしきものができたとするなら、この大学に受かったことぐらいしかない。他に明確にこれといったものを思い浮かべられない。ひかりは今それを痛切に悔いた。

　午後の講義が終わった。今日は家庭教師のバイトも夜からだし、それまで特に用事は入っていない。ひかりは朝から決めていることがあった。まず生協に足を運び、普段は手に取らないスナック菓子やジュースのペットボトルをいくつか購入する。それから駐車場からほど近い、平屋のコンクリート棟まで来た。サークルの部室が集まっている建物だ。

ひかりはサークルにも愛好会にも所属していない。家庭教師やコンビニのバイトで忙しいこともあるが、もともと多人数で集まって何かをやることに意義を見出《みいだ》せなかった。親しい友人は何人かいるし、ゼミに関わる飲み会もきちんと出席する。しかし、自由意志で何かに所属して人と関わりを持つことに純粋に興味を抱けなかった。

そのため、ひかりがこのサークル棟に足を踏み入れるのも初めてのことだった。

共同の入り口から中に入り、暗い廊下を歩く。一番奥まった部屋の入り口には木の板に太い文字で『馬研究會』と墨書きされていた。

『馬研究会』。通称『バケン』。もともとは競馬や輓馬《ばんば》を研究するという名目のもとに賭博《とばく》や麻雀《マージャン》につぎ込む破滅型の学生が吹き溜《だ》まりとなっていたサークルだったが、やがて馬術部から何らかの理由ではじき出された者や、馬マニアとも呼べる、馬をただただ偏愛する学生らが所属するようになった。

それだけ面子《メンツ》が多種多様になると、特に馬に関わりがある訳ではないが、とりあえず何かのサークルに所属しておこうという学生まで集い、雑多な集団になったようだ。ひかりが友人から聞いた情報はそんなところだ。自分には縁がないサークルだと、これまでずっと思っていた。

ひかりはドアの前で大きく息を吸って吐き、ドアをノックした。一拍の沈黙の後、中から「どうぞ」と返事があった。男の声だ。不意の訪問者に対する疑いを含んでいた。

「失礼します」

ひかりはゆっくりとドアを開いて入室した。中を見る前に、まず煙草の匂いが鼻を突いた。正面の古びた事務机に男子学生が座っている。うっすら無精ひげを生やした痩《や》せた男が、軽く首を傾げてこちらを見ていた。くたびれたシャツとジーンズに、所々薬品や血液のしみがついた白衣を羽織っている。獣医学部だろうとひかりは直感した。白衣を日常的に着る学部は他にもある。だが男は全体的な風貌《ふうぼう》と相まって、何とはなしに獣医学部らしいというような雰囲気があった。

「突然すみません、生物資源二年の松井《まつい》といいます。ちょっとご相談があって伺いました」

頭を下げながら、持ってきた手土産の袋を男に渡す。男は「はあ」となおも首を傾げながら袋を受け取った。まあどうぞ、と事務机に向かい合った古いソファーをひかりに勧める。

ひかりはソファーまで回り込む際、部屋に視線を巡らせてみる。十畳ほどのさほど広くはない部屋は、ひとつの事務机とソファー、そして壁のほとんどを本棚が埋めていた。ざっと見るに、全て馬に関連した書籍らしい。壁の隙間やドアには馬のポスターやカレンダーがびっしりと張られていた。写真の馬もサラブレッドだけではない。

スコットランドの農耕馬やペット用のミニホースなど、各国の多種多様な馬が写っていた。

　ひかりが座ると男が切り出した。

「で、なんでしょう。相談っていうと？」

「あのわたし、先日、こちらの研究会で花島の馬を調査しているとネットで拝見しまして。それで、厚かましいとは思うんですけど、わたしもその調査に同行させて頂けないでしょうか」

　ひかりは男の目をじっと見ながら頼み込んだ。「は？」と小さく声を出し、完全に呆気にとられている。小馬鹿にした雰囲気さえある。

「また、なんで。アレかい、無人島に行ってみたい秘境探検的なのとか？」

「いえ違います」

「あー、もしかして。動物保護団体のヒト？　あの馬達のアニマルウェルフェアがどうとかいう。悪いけど俺ら生態調査が目的なだけで、理想とか思想は関係ないんだよね」

「いえそうではなくて。興味で行きたい訳でも、何かの団体に所属してる訳でもないんです。ごく個人的な、というか、すごく家族的な理由かもしれませんが」

「家族的？」

男が椅子の上で身を乗り出した。ひかりは祖母が根室に住んでいたこと、あの島の馬は祖母の家で飼っていたもので、置き去りにせざるを得なかったことなど要点をかいつまんで説明した。

話しながら少し悩み、結局、祖母が病床で馬を気にしていることまでも話した。自分の願いに何より説得力を持たせたい今は、全て話しておこうと思った。

男はひかりの説明を、半畳を入れることなく黙って聞いていた。話が進むにつれて上半身が深く前にのめっていった。時折頷いたり、首を傾げる。納得して貰《もら》えたか、ひかりにはどうにも確信が持てない。どこかのらりくらりとした男だった。

「じゃあ、あれか。君はさ。馬の持ち主の一人の、その子孫ってことになるのか」

「そういうことになります。馬の籍は年が経つにつれてうやむやになったそうなので、証明とかはできませんが」

「で、島に行きたいと」

「はい」

男はふむ、と頷き、腕を組んだ。十秒ほど天井を見上げて何事かを考えている。断られるだろうか、とひかりが思った時、視線を下げてこちらを見た。ひどく真面目な顔でひかりに問う。

「で、キミはさ。行ってどうすんの」

「見届けたいんです」

率直に訊《き》かれたので率直に答えた。ここで臆《おく》している訳にはいかない。

「わたしは今、馬との関わりはありません。母の実家は離農してしばらく経つし、学部も無関係です。だから、馬をお好きな人が集まるこの研究会にお願いするのは筋違いだし、本当に失礼だとは思いますが、わたしはどうしても、祖母やその先祖が飼っていた馬の子孫を見ておきたいんです」

付け加えて、なるべく素直に頼み込む。駄目でもともと、と諦めながら来ている訳ではない。本当に行きたい。だから本気で頼むことしか自分にはできない。

「今のうちに。馬がまだ、死に絶える前に」

ことさら力を込めてひかりは付け加えた。これが一番大事なのだ。絶滅は時間の問題、ならば尚更《なおさら》のこと、今のうちに、無理を通してでも行かなければならない。

黙ってひかりの話を聞いていた男は、再び天井を見上げて考えに入り込んでいた。時折、うーん、とか、でもなあ、とか独りごちている。ひかりは黙って答えを待った。

たっぷり二分は首をひねった後、男はぐりんと頭を戻して話し始める。

「意図は分かったよ。俺は、個人的には、これまでバケンがずっと花島の馬を研究対象にさせてもらってきた以上、その持ち主さんに果たすべき義理があるなら果たしたいと思う。ただ、多分知ってるからここに来たんだろうけど、島に入るには結構厳しい条件の下での許可が必要でね。仮に君が単独であっちの自治体や道に入島申請をしても通らないと思うから、俺らのサークルを訪ねたのは正直いいチョイスだった」

ひかりは膝を揃えて背筋を伸ばした。予想通りに男はひと息ついた後、「だから尚更」と声を低く落として続けた。

「大事なことなんだけど、これはうちのサークルで大学の予算も貰って行ってる調査だし、なによりサークルの部員ではない君が参加するには、他の面子に理解してもらわなきゃならない。島に渡るには漁師さんに協力してもらって漁船で行くんだが、その船にはメンバーは二人しか乗れない。その人員の問題もあるしな。あと当然、調査にも協力して貰うことになるし」

はい、とひかりは緊張しながら頷いた。そんな様子を見て、男はふっと笑って明るい声を出す。

「だから来週水曜のさ、部会の時にまた来てくれる？　そん時みんなに紹介して、んで一緒に連れていってあげられるか話し合おう。今俺が独断で言えるのはこれが精一杯だ。それでもいいかな？」

「はい。よろしくお願いします。ありがたいです」

本当に助かったと思った。本来捨て身の頼み事である。もちろん今言われた通りに部会で他の人の賛同を得なければならないが、最初に覚悟していた以上に感触は良いようだ。ひかりは胸を撫で下ろした。部会の日時を確認し、ひかりが部屋を出ようとした時、ああそうだ、と男は思い出したように口を開いた。

「獣医七年の吉川《よしかわ》です。ついでに花島野生馬調査の責任者です。よろしく」

にこりというよりは、にやりと吉川は口をゆがめた。まるで似合っていない笑い方だったが、とりあえず拒否はされていない印象にひかりは安堵《あんど》し、ドアを閉める前にもう一度頭を下げた。

＊

馬研究会を訪れた後、中学生の家庭教師バイトに行ってから、ひかりは日付が変わる直前に帰宅した。家の中は常夜灯だけが光っている。母はもう眠っているようだった。ひかりはコートを着込んだまま、足音を立てぬようにリビングの隣にある四畳半の和室に入った。祖母が使っていた部屋だ。急な入院に際して衣服やら日用品を引っ張り出した名残で、床のあちこちに物が散らばっている。

ひかりは記憶を手繰り、簞笥《たんす》の一番上にある引き出しを探した。印鑑や証書、貯金通帳が折り重なっている一番下に、目当てのものはあった。まだひかりが中学生の頃に祖母が見せてくれた、小さな漆の文箱《ふばこ》だ。床に置き蓋《ふた》を開くと、何枚もの古びた和紙が重なっている。せめてもの劣化防止なのか、樟脳《しょうのう》の匂いが強く漂う。ひかりは丁寧に紙の束を取り出すと、順番通りに並んでいるそれに一枚一枚目を通した。

それは祖母が受け継いだ先祖の手紙だった。時代は明治のものだという。墨書きで、字の大きさはまちまち。漢字とかなとカタカナが入り交じっているうえ、言葉遣いも当然古いものだから、初見の中学生の時より大人になったとはいえ、理系のひかりが目を通したところで意味を把握できる訳ではない。

祖母がこの手紙をひかりに見せて教えてくれたことによると、これは祖母の祖父が、その母親から預かったのだそうだ。祖母の曾祖母。ひかりの五代前の先祖。彼女が子を産む以前、雪山で遭難して馬を食べるに至った全容が記されている。

手紙を見せながら、祖母はひかりに内容の詳細を語った。この書面が語る事実。その祖父から語られたという、一族と馬との最初の関わりについて。雪に覆われた薄闇の中、行われた食事と、その結果生き抜いた女の存在。そこから始まった、一族と馬との関わりのことを。

まだ中学生のひかりはこれらの事実を知り、驚いた。そしてそれ以上に畏《おそ》れた。馬を殺して食べて生き延びたといった余りにも生々しい過去の事実は、少女特有の潔癖さでは受け入れ難かった。加えて既にその頃、一家は実生活で馬と関わるようなことはなかった。住宅地で、農業とも離れた生活では馬と生きた過去はあくまで昔語りでしかなく、ひかりにとっては始祖のおどろおどろしい印象だけが根深く刻まれてしまった。

ひかりは地元の大学に進学する際も、馬や牛などの動物と関わりが深い学部ではなく、微生物や細菌などを食品に応用する分野に進んだ。自分でも驚くほど、一族と関わりのある馬に興味を持てなかった。しかしひかりは今になって思う。自分はあえて、馬から距離を置くように努めていたのではないか。無意識のうちに避け、忌んではいなかったか。心当たりのようなどろどろした思念が腹に溜まり、今それが後悔として表層に湧いている実感がある。

「いまさら、かな」

手にした紙を傷めないように束ねながら、ひかりは自分に向かって呟いた。

「いまさらだけど、でも、それでも」

時間が来たのだ、という気がしていた。祖母が馬を気にしていることや、運よく協力してくれそうな団体に恵まれたこと。自分の背を押す要素がここにきて集まった。解決するのは、祖母のためだけではないのかもしれない。向かい合い、踏み出すべき時が来たのだ。それは自分の意思を超えた部分で訪れた転機であるのかもしれない。そんな手触りがあった。結果がどう至るか分からない。しかし自分はもう踏み出すべき方向を見定めた。

「あの馬、わたし、助けたいよ。おばあちゃん」

ひかりは自分に対する宣言として独りごちた。それはひかりが自分に与えられた環境の中で、実行すべきひとつの役割であるように思えた。失われたものを、祖母の憂いのためにもとに戻す。その方向に向かって、ひかりは殻を破りたいと思った。たとえそれが強引な手段であったとしても、どんな苦労があったとしても、無茶を通すためにがむしゃらに動いてみよう。ひかりの腹は決まった。

ひかりは束ねた手紙を丁寧に箱へと戻すと引き出しにしまった。引き出しの木が閉じる音が、静かすぎる家の中でやけに大きく響いた。

＊

翌週水曜日、ひかりは馬研究会の打ち合わせに参加した。この間、吉川に自己紹介し事情を説明した時と同じように真摯に挨拶《あいさつ》をし、自分の願いを伝えた。あらかじめ吉川が部員全員にある程度の話を通しておいてくれたのか、部員は概ね好意的にひかりの願望に頷いてくれた。

根室に行くのは七名。うち、花島に行くのはひかりと吉川。港でサポートにあたるのが他に二名。残る三名は根室の輓馬生産牧場を巡るという。サポートに残る二人のうち一人は、今回花島行きの権利を快く譲ってくれるということだった。

「俺去年行ったし。折角だから行きたい人が行けるタイミングで行けばいいよ」

笑顔でそう言われて、ひかりは改めて入念に礼を言った。

ミーティングを終え、ひかりは花島野生馬調査責任者である吉川と部室に残った。花島に行くに際し注意事項や持ち物を再度確認する。特殊なサバイバル技術は必要ないが、相応な装備が必要なうえ、体調も万全に整えるべきということで、島の厳しい環境が想像された。祖母の話から思い描いた空想の花島が、現実味を帯びて肉付けされていく。緊張から改めて背筋が伸びる思いだった。

メモを取りながらの打ち合わせが終わりに近づいた頃、ひかりは意を決して吉川に告げる。

「すいません吉川さん、わたし、この間、言ってなかったことがあります」

「何いきなり。言ってなかったことって」

「島に行って、馬を見届けたいって言ったでしょう。あれ、見届けたいのは確かにそうなんですけど、それだけじゃないんです」

吉川は怪訝な目でひかりを見た。下手を打てば信頼を失い、花島行きの話は無に帰す。それでも、ひかりは言っておかなければならなかった。勝算のまるでない決意を。

「馬を、島から出せる可能性を探したいんです。……もし何とかできるんなら、間に合うなら、生きてるうちに助けたいと思っています、最後の馬を」

突然の発言で呆気にとられていた吉川の顔が、次第に神妙になる。言葉を探し、選び、一度引き結んでから口を開いた。

「あのなあ松井ちゃん。ギアナ高地って分かる？」

ギアナ。突然の固有名詞にひかりは面食らいながら、記憶をたぐる。確か南米の、未《いま》だ謎が多い秘境だったろうか。その高地といえば、ジャングルにいきなり卓状の大きな岩が高い崖とともに据わり、何十メートルもの高さから滝が流れ落ちる。そんなテレビ番組を以前見た覚えがある。

「ジャングルの中にエアーズロックの大きいのがあるみたいなやつでしたっけ」

「うんそれ。花島ってさ、まさにそのギアナ高地のミニチュア版みたいなのが海に浮かんでるわけよ。松井ちゃんの、馬を助けたいって気持ちは分かるが、実際に行ってみれば分かると思うけど、そんな簡単な話じゃないぞ。船着き場に少し砂浜が残ってるだけで、あとは三、四十メートルの断崖《だんがい》に囲まれた台地状の平原だ。馬を下ろすことはできない。あの崖じゃ鵯越《ひよどりご》えって訳にはいかないんだよ」

「無理だというのは聞いています。祖母もその祖父も、諦めざるを得なかったんだと。確かにギアナ高地みたいな台地で、下に続く道が崩れてからは昔みたいに下まで引っ張って行くことは出来ないんでしょう。でも」

ひかりは空を指した。吉川は眉《まゆ》を寄せて何もない空間を見たが、やがて思い至って膝を打つ。

「空。まさかヘリか」

「海外の事例で、火事で孤立した放牧馬をヘリで運搬したっていう報道を見ました。お腹の下にロープを渡して、宙吊りで」

「いや、だってそれえらい金かかんだろ」

「なんとかします」

ひかりは大真面目で言い切った。あてなどあるはずもない。機材、人材、手間、あらゆる許認可。大学生の小遣いとバイト代で賄えるであろう費用でないことはひかりも十分把握していた。実際に日本で実現可能であるのかさえ分からない。それでも。どんな犠牲を払ってでも、その可能性にすがってみたかった。

本来ひかりは周囲を巻き込むような無茶を考える人間ではない。どちらかといえば集団の中で自分を抑え、迷惑にならない範囲を測ってささやかに自分の好きなことをするのが本来の性格だ。故に今回、所属さえしていないサークルを頼ることも、不可能かもしれない救出策を練ることも、自分にはありえない無茶をしていると自覚はしている。

それでも、やってみたいと思った。今この時にやらなければ、馬は救えず、祖母の後悔は拭《ぬぐ》われることなく、自分自身が変わることもできないという思いがあった。稚《いとけな》い願いだがそれは、ひかりにとっての賭《か》けだった。

剣幕に気圧《けお》されることもなく、吉川は呆《あき》れたように肩を竦《すく》め、シャツの胸ポケットから煙草を取り出した。咥《くわ》えて火を点《つ》け、大きく煙を吐き出す。

「本気？」

「一応」

言葉が濁ったのは、実際に馬を救う手段が可能かどうか、完全な自信がないからだった。しかし、気持ちはとにかく本当なのだとひかりは言葉を継ぐ。

「わたしが今、あの馬達に、自分の一族に寄り添っていた馬の子孫に何かできることがあるとしたら、そういう手しかないいんじゃないかって気がするんです。もし、祖母とかの時代じゃなく今の技術でわたしが手段を考えるとしたら、物理的かつ強引な手段しか。それがもし可能なのであれば、リスク以前に何をさしおいても試すべきなんじゃないかと」

「あんたも結構無茶言うよなあ」

軽く眉根を寄せてひかりの主張を聞いていた吉川は、腕を組み首を左右に動かした。しばらく沈黙のうちに思考を止めると、盛大な溜息の後、笑いだした。ひかりにとって不快ではなく、快活な笑い方だった。

「分かった。やれることがあれば協力しちゃるよ。ただ、松井ちゃんの願いが実行可能かどうかはともかく、まず行こうや。実際に行ってその目で見て、そんで決めればいい」

異存はない。とにかく、自分は島に行きたい。それが一歩なのだから。ひかりは頷き、頭の隅で花島渡航のスケジュールを確認する。さ来週のゴールデンウィーク。たった十日ほどの時間が、長く感じられた。

旅路

旅行当日、ひかりは指定された通り、連休初日の早朝四時に大学の駐車場に来た。春も深まったがまだ夜明けは遅く、空は薄暗い。

吉川の他に、馬研究会のメンバー二名が先に来ていた。挨拶をしていると、更に三名増えた。全員揃ったところで車二台に分かれて乗り込む。

「松井ちゃんこっちね。俺、運転してて眠くなったら何か話をして。例の、おばあちゃんの代の話とかさ」

「はい」

ひかりは促されるまま吉川が運転する車の助手席に乗る。後ろに徹夜のコンビニバイト明けだという三年生の男子が乗り込み、早々に座席に体を横たえた。

吉川のものだというジムニーは随分と年代ものだった。中古なのだろう。しかしよくメンテナンスされているのか、エンジンの吹けはいいし、車内もゴミが溜まることなく掃除されている。いい車ですね、というひかりの褒め言葉を曲解したのか、吉川は苦笑いしてあー、と呻いた。

「ほら、フィールドワークとか多いからさ。本当はもっとでかい四駆だと吹雪でも簡単に埋まんなくていいんだろうけど、バイト学生じゃ金ねえし。ほら、これだと結構小回りきくし山ん中も入っていけるんだよ」

言い訳がましくそれだけ言うと、懐から煙草を取り出して火を点けた。煙が籠《こも》らないように細く開けた窓に煙草の先を出しながら吸い始める。ひかりが煙草は気にしないと伝えても煙に気を遣ったままだった。

大学が町外れにあるのに加え、帯広の町も車社会を前提に造られているため、学生のほとんどは普通運転免許と自家用車を持っている。最近では皆、新車かそれに近い車に乗っていることが多い。吉川のような年代ものの車は駐車場でも目立った。

もう一台の、まだ真新しく見えるRV車を先に行かせ、吉川は後を追った。

車は帯広市内を抜けて釧路根室方面へと国道を東に走る。道は広く平坦《へいたん》で快適な運転が続いた。両脇は春近く土を起こしたばかりの畑が広がっている。地中の虫を狙っているのか、上空をカラスやトンビがぐるぐると滑空していた。

調査の工程や詳細を確認し、白糠《しらぬか》が近くなる頃には車内は無言になった。後部座席から一人分の寝息が聞こえる。釧路に入ると晴れていた空はもったりとした霧に包まれ、右手には穏やかな海が見えてきた。吉川が煙草の煙を逃がすために開けた窓の細い隙間から、ひときわ冷たい空気が入ってくる。長く穏やかな砂浜がゆっくりと弧を描いて、国道はその海岸線の横に伸び、砂浜の果てに都市の固まりが見えてきた。

釧路が近づくと製紙工場のパルプの匂いが強くなる。市街に入った頃、先を行く車が幹線道路を外れた。脇道にある小さな個人商店で停車する。吉川も車を止めると店に入り、少ししてから一升瓶を抱えて出てきた。

「限定モンがあって良かったよ」

吉川は満足げに助手席のひかりに瓶を渡す。ラベルには地元の蔵元の名と銘が記されていた。

「夜、宿で飲まれるんですか?」

ひかりの問いに吉川は快活そうに笑って首を横に振った。

「俺らは発泡酒だよ。これは船で島まで運んでくれる漁師さんに手土産。根室にもいい蔵元があんだけど、日本酒好きのじいさんなんで、限定のこれも喜んで飲むんだ。つまみには十勝ホエー豚の加工品も大量に仕入れてきたし」

後方を指された先を見ると、後部座席の足元にクーラーボックスが置かれていた。現地の人の好みを熟知しているあたり、根室のフィールドワークに慣れているのだろうとひかりは推測する。初めて足を踏み入れる祖母の故郷だが、一人で訪れるよりはずっと心強い。まだ見ぬ場所へと顔を上げて、ひかりは車が向かう東の方向へと前を向いた。

釧路を抜けると一気に外の景色が変わったように思われた。まず、十勝と一か月近く季節が違う。帯広近郊ではもう広葉樹に薄緑色の小さな葉が生えているはずが、ここではまだ柳が小さい芽を萌え出し始めているだけだ。地面も枯れ草に覆われ、ところどころ雪が残ってさえいる。その代わり、マツ類が多い。葉を落としたカラマツだけでなく、濃い緑色の葉をたたえた常緑のエゾマツもそこかしこにある。

車は酪農地帯を真っ直ぐ突っ切る道路をひた走り続けた。やがて、市町村の区分けを示す看板で根室に入ったことをひかりは知る。エアコンの設定は変えていないのに、車内の温度が少し下がったような気がした。もちろん、気のせいだ。ただ、ひかりの記憶が肉体の感覚を狂わせる。祖母から繰り返し聞かされた、寒く厳しい故郷の領域へと足を踏み入れて錯覚をする。ここからがあの凍土の続く土地だ。ここがあの風吹き荒《すさ》ぶ海なのだと。そう感じて、ひかりの皮膚が勝手に冷えたのだ。

未だ冬の気配を残した車窓の外を見ていると、木の陰から大きな茶色の物体が走り出して道路に立ちはだかった。

「おっと」

吉川が急ブレーキを踏み、衝突する手前で車は止まった。目の前にいたのは鹿だった。成獣らしい、大きな体で道路に立っている。黒曜石のように濡《ぬ》れて光る両の目が、物怖《ものお》じせずにこちらを見据えていた。睨《にら》まれている？　一瞬そう感じ、ひかりは小さく息を呑《の》む。

「あっぶねえな。逃げもしねえ」

軽く舌打ちすると、吉川は短くクラクションを鳴らした。鹿はようやく車とその中にいる人間から目を逸《そ》らし、反対側の森へと消えていった。後続の鹿がいないことを確認して、車は再び走り出す。

「危なかったですね」

「この辺、多いんだよな。十勝もけっこういるけど、こっちは密度がやたら凄《すご》い。ほれ、横の松、食われてる」

鹿が出てきた左側の森をよく見ると、樹皮がこそぎ取られて木目さえ見えそうな姿を晒《さら》した木が何本か見えた。鹿による食害の深刻さをひかりも聞いていたし、実際に地元の十勝で被害にあった木を見たこともある。しかしこの地の被害は想像以上だ。執拗《しつよう》に食われたであろう樹皮の痛々しさが尋常ではなかった。

「何だ今のブレーキ。鹿か？」

先ほどの急停車で起こされたのか、後部座席で熟睡中だった三年生がもそもそと体を起こした。

「ああ、鹿。悪いな起こして。この辺多いから」

「農家さんとか大変だよな。牧草被害何億円とかだっけ？　自衛隊が根こそぎレベルで駆除しちまえばいいのになあ」

「ほんとだよ。昔は訓練兼ねてトドの駆除やってたぐらいなんだから」

「だよな。うちの大学もさ、どっかの研究室が学生向け狩猟講座やりたいらしいけど、一般の人間がハンターの資格とるのはやっぱ色々ハードル高いよなあ。まずガンロッカー部屋に置けねえ」

彼らが半ば軽口、半ば本気で鹿についての話をしている声を聞きながら、ひかりは流れる森の風景を見ていた。多数の鹿が棲《す》むこの森は、松の緑が濃い。ひかりが生まれ育った十勝も自然豊かな平野だが、自然の質が根本的に違うように思われた。十勝は早い時期から開拓が進み、山も緑も人の畑と調和した田舎といえる。一方、根室の地、それも内陸は人間の力及ばない森林を人間が間借りしているような印象を受けた。

ひかりは言葉もなく、ただ窓の外を流れる景色に見入っていた。

松のあちこちの枝から褪《あ》せた緑の苔《こけ》がぶらさがっている。ちょうど、子どもの頃に見たホラー映画で古い館《やかた》の天井から蜘蛛《くも》の糸がぼろ切れのように垂れ下がっているのに似ていた。道路端の所々に「鹿飛び出し注意」という看板が設置してあり、まれに「熊出没注意」も見えた。熊看板の下には出没した日付が書かれたプレートが設置してある。まさにこの場所で熊が目撃されたのだと示してあった。

「熊とかも出るんですね、この辺」

「あー、出るらしいよ。この辺は道内でもとりわけ鹿が多いから。エサがあるってことだろ、熊のさ」

「そうか、熊って鹿も食べるんでしたね」

「あとほれ、ちょっと珍しいとこではシマフクロウも棲息してる」

ちょうど車がさしかかった橋の欄干に、「安全運転」と書かれた目立つ黄色の旗が何本も立ててある。吉川がそれを指した。

「森の間にこうやって流れてる川はな。いきなり開けてるから鳥類の格好の通勤ルートなんだよ。で、うっかり橋の上とか飛んでると車とガッシャン」

「ああ、なるほど」

通り過ぎようとする川面《かわも》に目をやると、実際にカモ類が何羽も羽を休めている。もし橋に旗が立っておらず、欄干ぎりぎりの高度で飛んでいたら簡単に車と接触するだろうとひかりは納得した。

「タンチョウとかガタイがでかいからさ。あんまり高く飛ばないし。シマフクロウもでかいし、絶滅危惧《きぐ》種だからこんな人災で死なせちゃいけねえな」

「そういえば、祖母が見たことがあるって言ってました、シマフクロウ」

「へえ」

「長く住んでる間で、一度だけだったそうですが」

ひかりは思う。ただ一度きりのシマフクロウとの邂逅《かいこう》。その話を祖母はひどく真面目に語っていた。珍しいものを見たのだという浮かれは微塵《みじん》もない。むしろ体験を語る祖母の目はひどく真剣だったことをひかりは覚えている。嵐の日に自分の過失からワカという馬をはぐれさせたこと。小学生の祖母一人で暴風の夜に探しに行ったこと。森でシマフクロウに威嚇されながら、ようやく隣の畑にワカを見つけたこと。何十年も前の話を、祖母はつい先週のことのようにいきいきと語っていたものだった。

今、祖母はその記憶をまだ持っているのだろうか。病院のベッドで、虚《うつ》ろな目をしながら、その奥でシマフクロウの記憶がよぎることはあるのだろうか。その姿は果たして、まだ祖母にとって怖いものなのだろうか。考えても大きな意味はないことに、ひかりは車に揺られながらつらつらと思いを馳《は》せる。

道は暗い松の森に入った。両脇を樹高のあるエゾマツが囲んでいる。いつのまにか、背の高い鹿よけの金網が路肩と森との間を隔てていた。先ほど吉川が鹿の「密度が濃い」と言った気配がよく分かる気がした。

その森が急に開けて集落へと出た。いきなり空が広くなる。海沿いに抜けたのだ。光が差し込んで車内が明るくなったせいか、後部座席でうつらうつらしていた部員は完全に起きたようだ。車は海岸沿いに道を行き、町へと向かう。曲がりくねった道を進み、いくつ目かのカーブを曲がった先に、見慣れない人工物が建っていた。

「えっ」

ひかりは思わず声を上げる。荒い断崖とへばりつくような木々の間に、すっくと大きな塔が建っていた。先端部には三枚の羽根。風力発電用の風車だった。集落の手前、海の方向へと羽根を向けて、三十メートルほどもありそうな二本の塔がひたすらに三枚の羽根を回している。

「こんなの、あるんだ」

意識しないままに零《こぼ》れた呟きに、吉川が頷く。

「この辺は風が強いからな。ここのは道内でも初期に建てられたらしい」

ひかりは風車の存在を知らなかった。祖母から聞いていた根室の風景はいつも原生に近い自然に満ちていて、ここに至るまでずっと、車窓の風景と祖母から聞いた光景を答え合わせするかのように重ね合わせていた。まったく無意識のうちに。

それが、人工物の最たるものであるようなコンクリートの風車塔を目にし、重なっていたはずの光景が一気にぼやけた。当たり前のことではあるが、祖母が少女時代を過ごした根室と、今現在の根室は別ものなのだと、ひかりはまざまざと見せつけられたような気がした。

しかしこれまでの意識がずれた感覚はあっても、ひかりは風車が存在する落石の風景を気に入った。二十一世紀の今なお荒々しい風景と、海風を受けながら流線形の羽根を回し続ける風車の取り合わせは奇妙なほどしっくり似合っているように見える。車が風車近くを通り過ぎる時も、ひかりは子どものように車窓にへばりついて、聳《そび》え立つ風車を眺めていた。

風車を抜け、崖に囲まれた入り江に出ると民家が密集して立っていた。断崖の上と下にわたって、落石の港町はあった。面している太平洋は冬の気配を残して灰色に濁った青をたたえている。湾の中であるせいか、港の波は穏やかだ。

町に民宿は二軒、そのうち崖の上にある古く大きい民家の前で車は停まった。馬研究会が調査の際に毎年世話になっている民宿だということだ。

ひかりは車から降りてまず強い海風を感じた。頬を撫でるというよりは削り、海の塩気を含んで鋭い、生き物を害して辞さない海風だ。ああ、これか。ひかりは祖母の語っていた強い風を実際に確認した。確かにこの風は、あの夜木々の枝を騒《ざわ》めかせ、シマフクロウを呼び、ワカという馬の鬣《たてがみ》を靡《なび》かせたという、祖母の記憶に融《と》けたあの風だ。

ひかりは両腕を広げ、狭い車内に押し込んでいた全身を思い切り伸ばした。体の全面に風があたる。アウトドアジャケットの襟がばたばたと煽《あお》られてひかりの頬を叩いた。もと来た道の方向を見ると、先ほど見た風車が勢いよく回っているのが見える。

あの風車はこのために。この風を受けるためにここに立っているのだな。昼も夜も、夏も冬もここで、人には寒く感じられる風を糧《かて》に。ごく当たり前のことが急に真摯に理解できたような気になって、今更とひかりは自分を可笑《おか》しんだ。

「よーし。全員ちゃんといるなー。輓馬見学班は今日はもう自由。花島班は四時に兼《かね》本《もと》さん家《ち》に行く予定だから、それまで一時間ぐらいだけど休んでてくれ」

吉川の合図で、全員思い思いに体を伸ばし、部屋で荷物をほどいた。ひかりも大きなザックを下ろすと体の芯《しん》に疲れを感じた。人が運転する車に長時間乗り、それなりに緊張していたらしい。

兼本とは花島まで漁船を出してくれる漁師で、毎年バケンが世話になっている人だという。明日の打ち合わせを兼ねて挨拶に行くまであと小一時間。ひかりは少し体を休めておこうかと思いつつ、何とはなしに落ち着かない。少し外を歩いてこよう。そう思いたち、同室になった同学年の女子にちょっと散歩してくると伝えた。

宿の外に出ると、ひかりは思わず寒さから首をすくめた。太陽が傾いでいる。夕刻が近くなって気温が下がり、風がさらに冷たくなったのだろう。ひかりは部屋にアウトドアジャケットを取りに行こうかと一瞬考えてやめた。編み目の詰まったセーターの間からも風が肌を刺すが、構わずに道路へと出た。少し寒いが、頬を刺す海風をより感じられた。

少し歩くと公園があった。人はいない。少しの遊具と公衆トイレがあり、公園の崖側を木の柵《さく》がぐるりと囲っていた。柵の向こうは見晴らしが良く、崖下の落石港から湾内、そして湾の外側に広がる太平洋がよく見える。ひかりから見た左手、方角でいくと湾からやや東側の沖合に、小さい島が浮かんでいるのが見えた。緑のない季節のために茶色い土の塊のようにさえ見える。地図を見返さなくてもひかりには分かった。あの島だ。祖母の記憶に楔《くさび》となって残り続ける、あの花島だ。

ここから見た島は全体の形がかろうじて分かる程度で、いくら裸眼で目を凝らしても島の詳細は見えない。見えないが、確かにあの島に居るのだ。ひかりは改めて思う。あそこに祖母の馬の子孫が居る。代が替わって人には慣れていないだろう。ましてや人間の側も世代が新しくなり、もはや自分個人と馬とは何の接点もない。当たり前だが、今島にいる馬は人に飼われていた時代の記憶もない。すでに野生馬と呼ばれるほどに。

それでも、自分はあそこまで行こうと思う。改めて両の手を握り締める。いつの間にか風に冷えてかじかんでいた。その風の中を、なかば睨み据えるようにひかりは島を見つめた。

「行くよ。もうすぐ、行く」

船を出してもらって上陸する予定は明日の朝。だが現時点の天気予報では低気圧が近づいており、潮が高ければ船は出せない。悪天候で延期しても良いよう、ひかり達は二日分延泊可能になるよう各々スケジュールを調整してある。しかしもし、二日以上荒天が続けば、本年の調査は中止という扱いになる。それはどうあがいても仕方のないことだった。

及ばぬ。

人の意思が、願いが、及ばぬ。

ひかりの脳裏に強い文言が蘇《よみがえ》る。オヨバヌ。祖母が繰り返していた言葉だ。地も海も空も、人の計画に沿って動いてはくれない。祈りなど通じず、時に手酷《てひど》く裏切ったりもする。それは人がここで生き、山海から食物《じきもつ》を得るうえで、致し方ないことなのだと。

しかしひかりは冷えた風に叩かれ、それでも、と呟いた。

「及ばせたいよ。おばあちゃん」

島の方向にもう一度、宣言をした。向かい風の中で声はすぐに消え去る。だがひかりの意思は消えず、より強く灯《とも》り続ける。

＊

　翌日は低気圧のため、やはり暴風雨に見舞われた。島まで船を出してもらうことはもちろん、旅館から外出することさえままならない。一行は各々昼寝を決め込んだり雑談で時間を潰《つぶ》したりと、思い思いの時間を過ごしていた。

　ひかりは食堂でぼうっと外を眺めていた。外を出歩けるような天気ではないし、かといって屋内で今やるべきこともない。ただ窓ガラスに大きな雨粒が打ち付けられ、風が庭木を激しく揺らすさまを見ていた。

「松井さん。お茶、飲まない？」

　呼ばれて振り返ると、三年生の筧千里《かけいちさと》が両手に湯呑《ゆのみ》を持って立っていた。以前馬術部にいたという快活な女性だ。ひかりは立ち上がり慌ててそのうち一つを受け取った。

「あ、ありがとうございます。すいませんわたし、気が利かなくて」

「いいの。私が飲みたいから淹《い》れたんだし。まあ一緒に付き合ってよ」

「はい」

　そのまま二人で向かい合い茶を飲んだ。暖房が入っているにもかかわらず、窓の近くからひしひしと冷たい空気が流れ込む。温かい茶が胃に沁《し》みた。千里もひかりに合わせるかのようにぼうっと外を見ている。同じ女子部屋に泊まっていることもあり、これまで先輩後輩と人付き合いすることがなかったひかりでも、多少気安くなっていた。

千里は背が高く、ショートボブで活発な印象が強い。周囲に気をよく配り、当たりも優しいため、人見知りしやすいひかりも時々馬について専門的なことを訊いたりした。その彼女が、リラックスして窓の外を見ている。彼女は道東の馬産地に興味があり、晴れたら根室近郊の輓馬の生産牧場を調査する予定だ。

何か質問しようか。ひかりが思い巡らせていると、千里は外を向いたまま口を開いた。

「ねえ松井さん。レミングっているじゃない？」

「あの、ネズミみたいなやつですか？　動物には珍しく自殺するとかいう」

思いもよらない動物の名前を出されて、ひかりは戸惑った。レミング。自殺する動物ということぐらいしかひかりは知らない。千里は窓を向いたままぽつぽつと話す。

「そう、そのレミングね。あれさ、自分から海に身を投げて自殺するっていうけどさ、本当は違うんだよね」

「え？」

「島みたいな面積が限定された生活環境で、一定以上の個体密度になった時、集団で移動するの。その時、海に落ちてくやつがどうも自殺しているらしいって話題になったんだけど、実際は違う。ただ行き場を無くして、不運な転落事故でお亡くなりになってるだけ」

「そうなんですか」

ひかりは素直に感心した。確かに自分から身を投げる動物というのは話としてはドラマチックだ。しかし現実は人間の興味を惹くドラマチックな出来事ばかりではない。ただ生きるために懸命に生き、意に反して死ぬだけだ。

「動物は自殺しない。自らを殺さない。死に抵抗する気力がある限り、生きることに執着する」

千里もひかりが考えていたことと同じようなことを口にした。つい付け加えて訊ねる。

「馬も?」

「馬も」

「人間は例外なんでしょうか」

「人間ねえ」

そこで千里はやっとひかりを見た。困ったように笑う。

「人間はもう動物から仲間はずれにされちゃったのかもしれないね。彼らからしたら、自分で自分を殺しちゃうっていうのは無駄極まりない行為でしょう」

指先で湯呑をとんとんと叩き、言葉を選んで千里は言った。

「でもさ、アリかナシかっていえばアリなんじゃないかな。無駄なことに執着する馬鹿な生物が一種ぐらいあってもいいでしょ。まあ、ほとんどの人間の個体は死に物狂いで生きてるんだから、そういう人は動物の仲間としてカウントしてもらうことにしよう。私もね。松井さんは？」

「カウントしてください」

「そうだと思った」

千里はいつものように軽く微笑んだ。ひかりも動物としてカウントしてもらわなければ困るのだ。ただの学生の、ただのささやかな人生でも、死に物狂いになるべき時はある。そうして今は、自分が定めた目的を果たさなければならないと思う。

また二人で窓の外を眺め、無言でいた。ひかりは先ほどのレミングの話を脳裏に反《はん》芻《すう》する。限定された環境下。例えば花島。

ひかりは落石に来る以前、バケンで過去に行われた調査資料を徹底的に見せてもらった。多くは島内の馬の分布図や行動パターン、限定された中での繁殖結果について。その他、植物相に関する実地調査の結果が少しあった。それら資料の記述の中に、島そのものの地質的特性、環境に関する言及があり、ある年度に船で花島の外周を回った際、崖下に馬の骨が散らばっていたという報告を見つけた。

その崖周辺は島の中でも特に地盤が脆《もろ》く、馬は脚を滑らせて転落死したのだろうと筆者の憶測が記してあった。その場所の写真などはなかったが、恐らく書いてある通り、単純な事故死なのだろうとひかりは思った。馬達はきっと一頭たりとも、自ら死ぬために死んだ個体はいなかったはずだ。

動物は自らを殺さない。生きることに執着する。それは私も、きっと祖母も。花島の馬も。それは個人の意思を超えたところにある、不変の事実なのだろう。現在も、祖母が幼かった頃も、きっと先祖が馬を食べて生き延びた時にも貫かれ、生き続けている事実だ。

弥終《いやはて》の島

翌日、船を出すには難しい判断の朝になった。低気圧一過で湿気が根こそぎ持っていかれ、空は気持ちのいい晴天だが、風が強い。波の穏やかなはずの内湾もところどころ白波が立っている。明日は違う低気圧が近づいてさらに風が強くなる予報で、バケン一行が組んだ予定を考えると今日しか機会はない。

「こりゃ、やばいかな」

朝食前、責任者である吉川が窓の外で勢いよく回る風車を眺めて呟いた。ひかりも、もし船が出せなくても致し方ないだろうか、と心のどこかで覚悟した。自分の意思だけで無理に島行きをお願いして、もし万が一のことがあってはそれこそ祖母に合わせる顔がない。

吉川は携帯電話で漁師と連絡を取り、とりあえず港に行って波を見ながら打ち合わせようということになった。根室地区の輓馬生産調査チームと別れ、吉川とひかり、そして港で待機しサポートしてくれる三年生二人の花島調査チームは、不安を抱きながらも漁港まで向かった。漁船が漁に出ている様子はない。時化《しけ》で一斉休漁なのだ。

人の気配が少ない港で、漁師の兼本老人が待機していた。到着初日に挨拶に行き、顔合わせは済んでいる。背は低いが七十歳に見えないほど背筋がぴんと伸びており、陽に焼けた顔と相まっていかにも海に長年暮らしたという風貌だ。

挨拶に行った際、ひかりは密《ひそ》かに祖母の言う『おじじ』もこんな老人だったのではないかと思った。自宅で寛《くつろ》いだ様子でも十分凄味のある容貌だったが、着古した防寒ツナギを着込み、長靴で船に立つ兼本老人は一層どっしりとして見えた。ひかりは頭を下げ、恐る恐る訊いた。

「大丈夫ですか。この波でも行けますか」

「このぐらいなら何とかな。ただし救命胴衣はがっちり着けろよ。あと島の近くで船つけられねえほど波が荒かったら、問答無用で引っ返すから」

「その時の判断はお任せします。よろしくお願いします」

「ま、無理はしねえが、ぎりぎりまでできる事はやらせて貰うから」

兼本は力強く胸を叩いた。傍に係留されている船は小人数用の小型漁船だ。予定通りに吉川とひかりと機材が載ったらいっぱいになりそうだ。待機チームと共に手早く荷物や無線の準備をし、兼本に手を取ってもらってひかりは船に乗り込む。

「お姉ちゃん、あんた花島行くのは初めてだな。船は大丈夫かい。波あっから揺れるど」

「一応乗り物酔いの薬は飲んできたんですが。大丈夫なように頑張ります。どうしても、行きたいんで」

「へえ」

緊張はありつつ肝を据えた様子のひかりに、兼本はそれ以上心配するのを止めたようだった。中央近くに席を指定されて腰を下ろす。「行くど」という簡潔な出発の言葉と共に、船は港を離れた。

小さな操舵室《そうだしつ》が据えられているだけの漁船は小さく、座ると喫水近くまで目線が下がる。防波堤に囲まれた港を出ると、一気に波は荒くなり、波しぶきの向こう側で花島が白くけぶった。

船が速度を上げると顔に容赦なく潮風が叩きつけてくる。ひかりはジャケットの下につけていたネックガードを鼻上まで引き上げた。隣では吉川が目の下までマフラーを巻き直していた。船が大きなうねりを越えるたびに体が上下に揺さぶられる。薬は飲んできたものの、船に慣れていない自分には厳しいかもしれない。喉の奥が少し酸っぱくなった。ひかりは歯を食いしばり、まだ小さく見える花島に視点を合わせた。乗り物酔いの時は遠くの動かないものを見続けるといい、という話を思い出したからだった。これだけ揺れている船で効果があるか自信はなかったが、信じてみるより他はない。

　酔うかもしれない、という不安から気を逸らそうと、ひかりは波に揺られながら記憶の遺伝について考えてみる。動物の記憶だ。基本的に一個体の経験やそれに伴う感情はその一世代だけのもので、その子、その子孫に受け継がれるものではない。

　しかし例外はある。一個体の恐怖や強烈な経験は遺伝子レベルにまで刻み付けられ、子世代に受け継がれてその種を脅かすマイナスの環境要因を判別するのに役立つという説だ。

　あの島の馬は私のことが分かるだろうか？

　曾祖父の代で花島に置き去りにされた代の馬達はもうとうに死んでいる。ではその子孫達には、見捨てられ、孤島に置き去りにされたという負の記憶は受け継がれているだろうか？　そして仮に彼らがその痛みの記憶を受け継いだとして、ある意味では裏切り者たる私達の一族を、彼らの感情で憎んだりもするだろうか？

　埒《らち》もないことを考えても答えが出るはずもない。あるいは島に着いて馬の子孫と対面しても、判断する術《すべ》すらないのかもしれない。自分には彼らの憎しみや辛《つら》さを受け止めることさえ不可能なのだろうか。それは、ひどく悲しいことのように思える。結末を与えられないことが、私や、記憶に耽溺《たんでき》している祖母にとっては一番辛いのかもしれない。そのうえで仮に、馬を島から運ぶという現実的な手段に頼ったとしても、そこに意味は生じない気がした。少なくとも、馬の側にとってみれば。

海の向こうで腰を据える花島が少しずつ大きくなってくる。風から顔を背けずにその姿を見据えながら、ひかりはつらつらとそんなことを考え続けていた。もしかしたら私は、そして祖母は、馬に責められたいのか。

あの古い手紙の束は迷った末、自宅に置いてきた。万が一の事故や不注意で損なわれて良いものではない。ひかりは紙に記された文字を思い出す。中身は細かく読み込めないまでも、淡々と、しかし力強い筆致によって綴られた、一族と馬との関わりを思い返す。日を経て年を経てなお、奇妙で因果な繋がりだとひかりは思った。もし問題なく島に上陸できれば、そして馬と対面できたとしたら、あの書に記された馬の血筋と自分は会うのだ。


実際の時間にして十数分。しかし倍ほどの時間をかけたような感覚で、船は島のすぐ近くまで来た。船の速度が落ちたのか、風がやわらぎ、船が作る後方の白い波が広くなる。

「ぎりぎり、行けそうだぁ」

兼本老人が操舵室の窓から顔を出して吉川とひかりに声を掛けた。

「波、大丈夫っすか！」

「考えてたより少ーし波が大人しくなったからな、上陸できっぞ」

「ありがとうございます！」

風に負けないようにひかりも声を張り上げ礼を言った。船の激しい揺れが少しおさまっても、まだ脳が上下に揺すられている気がする。大きく深呼吸し、胃の底から湧き上がる吐き気を逸らそうと努めた。

隣で島を見ていた吉川が、神妙な顔で口を開いた。

「何度見ても、ロールケーキだ」

「はい？」

「ロールケーキみたいだよな。切ったロールケーキが、こう、皿の上で横倒しになった感じで」

「ああ、言われてみるとそうですね」

吉川に言われて妙に納得した。島は全体の形がほぼ円形で、中心に高い山がある訳ではなく、切り立った崖に囲まれた台地のような全景をしている。高さのある人工物はないから遮蔽《しゃへい》するものもなく、こうして海面近くから見上げると、吉川の言う通りにスライスして横に倒したロールケーキに少し似ていた。

しかし島はふわふわ甘い菓子に喩《たと》えられながら、実際は過酷で人を拒む。祖母の代に漁師らが漁の拠点にしていたとはいっても、あくまで番屋を建てて一時の宿にしていただけで、一年を通して人がいた訳ではなかった。厳しい土地だ。

「ギアナ高地のミニチュア版、っていうのも分かる気がしますね」

「花島は根室半島と比べて生態系もちょっと独特だからな。十数年に一度ぐらいで流氷が島に接岸して、キツネ数匹が半島から渡ってきただけで鳥の雛《ひな》とかが全滅レベルになっちまうそうだ。だからその度にすぐ駆除しなきゃいけないらしい」

そんなところに馬が生きている。いや、馬だってもともとは外から持ち込まれたものだったとひかりは思い至る。馬も島の環境に影響を与えない訳がない。そうして考えると、ある動物の存在が影響を与えるとか与えないとかいうのは、単に生物個々がただ必死に生き続けた結果であって、大きな視点で見るとあくまで波の一つにすぎないのではないかという気さえした。

「なんにもねえべ」

風に紛れて、操舵室から声が上がった。兼本老人だ。

「なんもねえけど、俺らの親父やらの代まではな、この島で干した昆布で飯食ってたんだ。住むにはきついけども、宝の島だあ」

「はい」

ひかりは風に負けないように返事を張り上げた。改めて考えていると、祖母だけでなく、落石に住む年配の人のうち、少なくない数が花島になんらかの記憶や思い入れを有しているのだろう。そして恐らく、その記憶は楽しいものばかりではないのだろうが、時間に洗われて美しいものは磨かれ残っている。

「ほんとにな。昔の人は、きつい環境でもうまく使って生活してたもんだよな」

吉川が大きくなってきた島を見つめて感嘆したように言う。ひかりも同じように島を見る。船が近づくにつれて、遠目から茶色く見えていた島の地面は枯れた草で、切り立った崖は波から直角に近い角度で立ち上がっている様子が見て取れた。

島に近づいた状態からは崖に阻まれて見えないが、強風に吹きさらされた島の上部、台地状の場所には木も生えないほど過酷な環境だ。本土とを行き来する鳥の糞《ふん》などで草木の種は運ばれているのだろうが、風と土壌凍結に強い草だけが残り、木は生育できないのだという。中央部分が僅《わず》かに湿地として窪《くぼ》んでいる他は、遮蔽物はない。一度強い風が吹けば、何もかも根こそぎもぎ取っていくほど強く地面を撫でていくそうだ。本来、人や馬の生活に向く場所ではない。夏場などの比較的住みよい季節のみに漁の拠点としていたという過去が、ひかりは今実際に目にしてよく理解できた。

人や馬には厳しい条件だが、崖と草地は狐などの外敵がいないため野鳥の営巣にはもってこいで、エトピリカという極彩色の嘴《くちばし》を持った、根室でも個体数の少ない奇鳥が棲み着いている。この島が保護区に指定されている理由の一つだ。今も上空をひっきりなしに数種類の海鳥が飛び回っている。崖の表面も、ところどころ鳥の糞で白く汚れていた。

土地の権利はもともと落石の網元が所有していたが、後継ぎがなく廃業した際、市に所有権が譲られた。このため、市は鳥獣保護区として島を管理し、一般人の上陸を禁じている。バケンは今回、馬と周辺環境への影響について調査するという目的で上陸許可を得ている。ひかりはその調査補助という扱いで申請し、同じく許可された。

島に残された馬の関係者だという事情は行政にも、地元の落石の人間にも伏せておいた。馬の所有権云々《うんぬん》で面倒が起こるのは避けたかったし、それに伴い祖母や母に迷惑をかけるようなこともしたくなかった。何よりひかりには、馬に関して何一つとして、具体的な責任は取れない。少なくとも現時点では。

兼本老人がさっき言った通りに、何もない島だ。しかしその何もないという特異さゆえに、奇妙な意味ばかりが人間側にとって膨らみ続けてきたのだ。かつては昆布を干す場、漁の拠点。今は貴重な自然条件が残されたある種の箱庭として、人間の様々な記憶を呼び起こしながら島は今も静かに横たわっていた。

*

人間にとって少なくはない意味を持つようになったこの小さな島に、人の助けを借りながら、ようやくひかりは近づいた。

船はゆっくりと島の裏側、陸から見た際に外洋に面する側に来た。人間の気配を感じたのか、崖に営巣しているカモメの一群が空に飛び立つ。島に接近するにつれて、その淵《ふち》を囲む崖が堂々と切り立って目の前に迫ってきた。この崖を馬が下りて島から脱出するのは無理だろうと理屈ぬきで分かる。今にも落石が起こりはしないかと見ていて背中が冷えていくほどだ。

小さく入り江に砂が溜まっているように見える箇所が上陸地点だった。砂に船底が着くぎりぎりまで兼本は船を寄せる。

「行ってこいや。気ぃつけて、くれぐれも無茶すんでねえぞ」

「はい、行ってきます」

ひかりは頷いて、吉川と共に胴長を穿《は》き込んだ。ザックに全ての荷物を入れ、ずり落ちないことを確認してから背負い込む。

まず吉川が船の縁《へり》から海に入った。胴長の腹近くまで海水が来ている。続いて、吉川の手を借りてひかりも海に入った。防寒ズボンと胴長の厚いゴムごしでさえ水が冷たいのが分かる。

重い胴長を穿いて転ばぬよう、なんとかバランスをとりながら海中を歩く。船上から兼本老人が風に負けないよう大声を上げる。

「あんまり長くかかるんでねえ、予定の時間に遅れんなよ。　海、荒れたら近寄れねえべし、そん時はおさまるまで迎えに来られねえからな」

「はい」

二人で船の兼本に手を振ると、船は後退してからもと来た港へと舳先《へさき》を変えた。

残された、この島に存在する人間は二人だけだ。本当に今から、島でただ一頭の馬に会いに行く。ひかりの心はどうしても逸《はや》った。

船が迎えに来るのは六時間後を予定している。それ以降は暗くなることもあり危険だ。万が一、上陸後に船が迎えに来られないことを考えて二人は簡易テントとエマージェンシーシート、そして非常食を用意してある。携帯電話の電波はかろうじて繋がるが、それ以外にも無線で港のサポート要員と連絡を取れるようにしてある。他、島の現状を記録するための撮影機材などで荷物は多い。

ザックが波で濡れないように気を付けながら、ひかりは岸へと歩いた。波打ち際の海底は砂というよりは細かい砂礫《されき》で埋め尽くされている。崖と同じ岩石のようだ。波で削られ、長い年月をかけて堆積《たいせき》しているのだろう。波に足をとられないように、ゆっくりと、一歩一歩。やがて浜の砂地に着いた。ひかりの胸に不思議な感慨がよぎる。とうとう、この島に着いたのだ。

「俺は機材のチェックと準備するから、この辺見てくるなら見てくるといい。馬がいる崖の上に登ったら帰る時まで下りられないからな」

吉川が波から離れた場所に荷物を置きながら言った。

「でも気を付けろよ。もとは人間がいた島だけど、今の俺らは闖入者《ちんにゅうしゃ》なんだから。浮かれてると思わぬとこで怪我するぞ」

「はい」

ひかりは浮かれているつもりはなかったが、素直に頷いた。自分は適度に緊張している。むしろ硬くなりすぎて迂闊《うかつ》な怪我などで吉川に迷惑をかけないよう気を引き締めた。

胴長を脱ぎ、装備を確認しながらひかりは周囲を観察した。先刻吉川がロールケーキに喩えたように、島の周囲はほとんどが切り立った三、四十メートルほどの断崖である。ひかり達が今いる浜辺は、その断崖が低くなりわずかな砂が堆積し浜となっている場所だ。潮流の関係か、所々に流木やゴミが流れ着いている。漁の浮き、ペットボトル、ビニール袋など、ゴミは拾われることもなく積み重なり、かなり多かった。それ以外に、貝殻が集中して溜まっている箇所がいくつかあった。帆立《ほたて》やホッキの殻が、おおむね同じ大きさに砕かれて積み重なっている。同じ比重、同じ大きさの殻が吹き寄せられたのだろう。陽と風に洗われて一様に漂白され、細かな骨が積み重なっているようにも見えた。

浜の一角に古びた板と、青黒く色あせた古いトタン屋根が重なっていた。番屋の跡らしかった。この砂浜が島の出入り口であり、昆布漁の時季はささやかな生活の場であったようだ。年月を経て、材木は流木と見まごうばかりに、ぼろぼろに朽ちている。

ひかりは番屋の跡に近づいた。崩れた板の山はなかば砂に埋もれ、砂地に生えるツル性の植物がからみついていた。ツルを引きはがすと、重なった板の合間に金属質の光が見えた。釘《くぎ》だろうか。ひかりは上に載っている板を脇によけ、中を見ようとした。しかし下半分が砂に埋もれた板は少し動いただけで引きはがせない。今度は両手で力を入れて引っ張ってみる。ひかりが歯を食いしばった途端、板が途中でばきりと折れた。

「うわっ」

勢い余り、ひかりは盛大に尻《しり》もちをつく。驚いたが怪我はないようだ。下が砂で助かった。改めて折れた板の下を見る。そこにあったのは、潰れたヤカンだった。

「なんか面白いモン見つけたかー」

準備をしながら吉川が声を掛けてくる。自分の行動が把握されていたことに少し驚きながらも、ひかりは努めて平静に答えた。

「へこんだヤカンがありましたー」

「あー。漁師さん達が昔使ってたやつだろうな。そのまんま置いとけよー」

「はい」

ひかりは折れた板をもとの場所に置いた。番屋の材木も、ヤカンも、人の手を経たもので浜にある不要物、という意味では周囲に落ちているペットボトルと大差はないのかもしれない。それでも、これは祖母達やここまで送ってくれた兼本老人ら、この島に関係して生きてきた人達の過去の一つだ。ひかりは再び板を、なるべく元の場所、ヤカンの上になるよう置き直し、荷物の場所へと戻った。

「おっ。いいもんめっけ」

装備を確認し終えた吉川はいきなりしゃがみ込むと、ポケットから十徳ナイフを取り出した。

「何ですか？」

「やっぱり。ボウフウだよ」

「ボウフウ？」

「ボウフウ。ハマボウフウっていうんだ。湯がいて酢味噌《すみそ》であえるとビールに合う。冷や酒もいいな」

ひかりは祖母から聞いた話を思い出していた。過酷な土地でも山菜は意外と多かったらしく、沢沿いのヤチブキ、クレソン、ギョウジャニンニク、森ではタラの芽。浜辺でボウフウというものを採ったと確か聞いたこともある。

吉川がナイフの先で指し示した先には、砂に埋もれた小さな緑の葉が二枚見えた。吉川が砂にナイフを刺して葉の周囲をぐるりと回すと、葉の下から真っ白で長い茎部分が出てくる。「嗅《か》いでみ」と手渡された白い茎に鼻を近づけると、青々しいが山菜特有の力強い匂いがした。吉川はそれを丁寧にポリ袋に入れてザックに収める。

「帰りにもう少し採って帰っか」

「いいんですか、島の植物持ち帰って」

確か島は保護区のため動植物の持ち出し厳禁、だったとひかりは思い出した。

「根っこまで掘り出さなきゃ再生するよ。根室ではもう少なくなっちまったんだ。後から来た人らが、そういうの知らないで根から掘り返して全部採っちまうもんだから」

「詳しいんですね」

「親の仕事の関係で小二から中一まで根室に住んでたからな」

吉川が根室に所縁があるとは、ひかりには初耳だった。

「市内の官舎に住んでたんだけど、近所に住んでた元漁師の爺《じい》さん婆《ばあ》さんが親切でな。よく生の魚分けてくれたり、俺を浜まで遊びに連れてってくれた」

根室は北海道の中でも古い町と言われていることをひかりは思い出した。人は江戸後期から集まってはいたが環境は厳しく、結果として伝統的に地域住民の共同意識と繋がりが強いのだとも聞いたことがある。

「もう亡くなっちまってるんだろうな。怒ると怖《こえ》ぇけど、俺が遊びに行くと仏壇から饅頭《まんじゅう》くれたりな。いい爺さん婆さんだった」

吉川は穏やかな記憶を手繰っているのか、そう言って微笑んだ。今まで散々根室行きの打ち合わせをしてきたのに何故何も話さなかったのか。ひかりは問いかけたかったが、結局何も言わなかった。軽々しく話題の端に乗せられないくらいに、彼にとっては大事な記憶なのだろう。多分、自分にとっての祖母の思い出話のように。

「なあ松井ちゃん。決着、付けろよ」

慣れた手つきでナイフを納め、吉川はぽつりと言った。

「はい」

「ちゃんとさ。せっかく来られたんだから、どうなりとも自分の中で腹、くくれよ」

「はい。くくります」

ひかりは頷いた。それを自分にさせるために、この人はこの島まで連れてきてくれたのだ。誠実な選択をしなければならない。吉川に対して。祖母に対して。自分に対して。そして馬に。自分達一族と共に生き、そして再会する馬に対して。

浜と崖の上を結ぶ道は聞いていた通りに、大型台風で完膚なきまでに崩れ去っていた。かろうじて他の崖よりは登りやすくなっているといった程度だ。足元に積み重なる石も層状になっていた岩盤がほぐれたもので、割れやすい握り拳大《こぶし》の石が積み重なっている。足元に細心の注意を払いつつ、ひかりと吉川はなかば四つん這《ば》いになりながら崩れた崖を登った。吉川はひかりに無理をしないペースで先を行かせ、自分は後ろから登った。

＊

「馬に越えさせるのはきついだろ。つうか、無理だ。傾斜がきついうえにこの崩れやすい足元じゃ、簡単に転げて足折っちまう。やばい場所って本能的に分かってるから、馬もここには近寄りたがらない」

切れ切れになった息の合間に、吉川が呻いた。二人とも丈夫で体重のバランスをとりやすい登山用の靴を履いていたが、不安定な足場を一歩一歩確認しながら登る必要があり、かなり難儀をした。足に力を入れすぎるとたちまち岩が崩れていく。

ひかりは馬の身体能力に明るくはないが、吉川が言うならば本当に「無理」なのだろうと納得した。この崩れた崖を馬が自力で下りた様子はない。足跡も糞も、崖から下では見つからない。少なくとも馬が自発的にここを下りるのは不可能ということだ。縄を付けて引っ張ってきたり、追いこんで駆け下りさせたりといった手段も、傾斜が急なのと、蹄《ひづめ》でここは歩けそうになく、やはり不可能そうだった。

慎重に慎重を重ね、たっぷり一時間をかけて二人は崖を登った。痺《しび》れた足が台地状になっている崖の上に辿《たど》りついた時、ひかりは思わず息を呑んだ。

低気圧が過ぎて気温が上がったせいか、落石の港にはなかった海霧が島には漂っていた。遠くまでは見通すことができない。馬の姿も見えないが、周囲の大体の様子は分かる。ほぼ一面の枯れ草と笹《ささ》の野原。視界に二つ三つ、朽ちかけた馬糞が落ちているのが見えた。地面に多少の隆起はあり、草の間を縫って海側へと流れる小川が見えた。その他は全て、遮蔽物のない草原だった。直接吹き付ける海風は冷たく、五月だというのに地面はほとんど緑が萌《い》え出でていない。風があるのに霧に覆われている様は、いつか登った山の頂のようだとひかりは思った。

後ろから登りついた吉川が、息をつきながらひかりの背を叩いた。

「なんつうか。なまらアウェーって気になるだろ」

「なまらアウェーですね」

でも私にとってはここがある意味ホームでもあります。心の中で付け加え、ひかりは肺に今ある空気を全て吐き出した。それからゆっくり時間をかけて島の空気を肺に詰め込む。緑が未だない早春の原野は、潮の匂いの方が強かった。

乾いた草の上に腰を下ろし、水分を摂《と》って休んだ。こんな所で体力が尽きたら本当に動けなくなる。息が整い、体力が戻ってくると、ひかりは吉川の作業を手伝い始めた。島の植物の動画や静止画をカメラでひとつひとつ記録していく。島内の上部、吉川の喩えでいえば横倒しになったロールケーキの上の部分はやはり一本の木もない。ひかりは資料で情報を得てはいたが、実際に島を目にしてその特異性に驚いた。これまでは放たれた馬達が木のない草原で草を食《は》んできた結果、馬が食べない植物が繁茂して初夏にはアヤメやユリ類、更には標高が低いにもかかわらず寒冷ゆえに育った高山性植物からなる原生花園が広がっていたという。花島の名前の由来はここにある。

しかし現在、馬の数が減少し生き残りは一頭となっているために、植生の変化が予想される。その調査も吉川の目的だった。ひかりも吉川の指示する通りに地面の枯れた植物をカメラに撮り、サンプルを採取する。一面の枯れ野原と思っていた地面は、よく見るとコケモモや地衣類を含め、植生はかなり多様らしかった。採取作業を進めながら、ひかりは今ではなく初夏の風景を想像する。一面の緑に満ち、紫や黄色の花々が海風に靡く姿を思い描いた。そこに立ち、草を食む馬のことも。

一通りの作業を終えるともう昼になっていた。二人で腰を下ろし、民宿で用意してもらった握り飯と水で昼食にする。崖登りや慣れない調査で疲れていたのか、梅干しの握り飯がやけにひかりの腹に沁みた。美味《おい》しいと言うと、海苔《のり》が違うのだと吉川が教えてくれた。地元の女性がこの辺の岩に付着する岩海苔を初冬に採り、乾かして板海苔に仕立てるのだという。同様の話を祖母もしていたとひかりは思い出した。海苔は風味と嚙《か》み応《ごた》えが豊かで、ひかりは味わって食べ終えた。

座ったまま一息ついていると、吉川がうっすらとした海霧に目を凝らした。

「馬、見えねえなあ。小さい島っつっても馬一頭しかいなくて、おまけにこの霧じゃ分からんか。前に調査した時は勝手に向こうから出てきたんだがなあ」

「勝手に向こうから？」

ひかりは驚いた。半野生馬と聞いていたため、てっきり人間を警戒して近寄ってこないのではないかと思っていた。そのため、実際に自分が見つけるには相当骨が折れそうだとも覚悟していたのだが。

「人懐っこいと言ったら語弊があるけど、人間が嫌いとか、逃げるって感じじゃないな。まあ、もともと野生馬から比較的人間が飼い馴《な》らしたものをどんどん品種改良したのが今の家畜としての馬だから、生まれた時からこの島育ちでも、基本的に人間を敵視しない、っていうのは遺伝として受け継がれてるのかも知れん」

「そうか、そうですよね……」

調べてきた記憶を手繰ると、確か世界中でほぼ完全な野生馬というのはモンゴルのモウコノウマしか残っていないのだとひかりは思い返した。彼らは馬の扱いに長《た》けた遊牧民でも決して調教できないという。比べて、島にいる馬はもともとは数代前までは人と生活してきた馬だ。人間から離れて時間が経っても、人と共に生きてきた証《あかし》は遺伝子に残されているのかもしれない。

「ただ今回は姿見えねえなあ……。ま、二平方キロに一頭じゃ、そもそも広すぎる」

「いるんですよね。まさか、もう死んでたりとかしていないですよね」

予想していなかった不安がこみ上げ、ひかりはつい口にした。吉川は肯定も否定もせずに、ふいに立ち上がると両手を口の脇に添え、大きく息を吸った。

「ポーポーポーポーポーポーポー」

「それって」

聞き覚えのある呼び声だった。しかし実際にその目的のために発声されたところを初めて耳にした。祖母が語っていた馬を呼ぶ際の合図。

「ああ、ポーポーって？　馬、呼ぶのに言うんだよ。うちらの大学の馬術部も使ってるぜ」

「そうなんですか」

呼び声だと知っていたひかりはその点ではなく、一般に使われているのだと知って少なからず驚いた。まったく勝手なことではあるが、祖母から話を聞いた時は、かつて自分の一族だけで使われていた秘密の言葉のように感じていたのだ。

「ポーポーポーポー。ほれ、お前も」

促されて、ひかりも同じように立って両手を口の脇に添え、なるべく同じ抑揚になるよう声を出す。霧に向かって、その向こうにも聞こえるように。

「ポ……ポーポーポー」

「もっと喉《のど》、開いて。腹の底から大声で。ポーポーポーポー！」

「……ポーポーポーポー！」

言われた通り、大きく息を吸い込んでから、口と喉を最大限に開いて声を出す。こんなに大声を出した記憶は久しくないな、と思った。しばらくそうしてから、ひかりは吐き出した代わりの息を大きく吸い込んだ。島特有の、湿気を含んだ冷涼な海風が体に沁みた。馬が、祖母の愛した馬がいる島の空気。その片鱗《へんりん》に馬の気配はしないかと探っても、ただ潮の匂いがするだけなのだが。

「場所変えるか」

吉川の後について、更に島の中心部に向かって三百メートルほど歩いた。やはり霧は濃いが、足元が少し湿り、泥が多くなってきたように思われる。湿地だ。目に見えるほどの角度ではないものの、島の中央部分は海岸線からみるとやや窪み、湿地帯になっているのだ。

「ポーポーポーポー！」

「ポーポーポー！……いないな」

二人で東西南北それぞれの方向へとしばらく声を上げるが、馬がいるような気配はない。少し休み、再びたっぷり一分間は声を張り上げた。さすがに喉に痛みを感じ始め、ひかりはペットボトルの水を一口飲んだ。上体を折って呼吸を整えていると、ふいに吉川が「あっ」と声を上げた。湿地北側を覆うひときわ濃い海霧の方向を指し示している。ひかりが視線を向けると、百メートルほど先に霧に紛れて影が見えた。

紛れもなく馬体だった。

長すぎない四肢に乗るずんぐりした胴体。栗毛の体毛に、風に靡いている鬣と尾は黒に近い。ひかりが探していた馬が、立っていた。距離があるため細かい様子までは分からないが、首を上げ、堂々とこちらを見ているようだった。

立ち尽くして馬を見ているひかりの肩を、吉川が叩いた。

「行ってこい」

ひかりは頷き、馬へ一歩二歩と近づく。それから振り返り、吉川に向かい合う。深く、頭を下げた。これまでは、協力してくれた吉川に感謝の念は当然抱いてはいたが、島に渡る準備をしている時でも、ひかりはどこか独りでこの島と馬に挑んでいるつもりでいた。しかし今はよく分かる。ひかりの背を押したのは祖母やその祖父に連なる馬との関わりだけではない。自分の意思を十全に理解されていたことに、ひかりは改めて強い謝意を感じた。

ひかりは体を起こし、深く静かに深呼吸した。心拍が少し落ち着きを取り戻していく。更に一歩、馬へと近づいた。人の近づく気配を察したのか、馬はひとつ首を下げるとそのまま踵《きびす》を返して歩いていった。霧に紛れてその姿が遠くなる。ひかりは馬を驚かせない程度に急いで、後ろを追った。

霧に濡れ、枯れた草が踏みつけられている。馬が作った獣道《けものみち》だった。馬の姿は小さくなったが、ここを通っていくのは間違いないだろう。ひかりは時折顔を上げて周囲を見渡しながら、馬の道を辿っていった。

脇に生えている草の合間、ところどころに白い石が落ちていた。それは棒状であったり、ゆるやかな曲線を描いていたり、何かの有機的な部品のようにも見えた。表面には軽石のような細かな穴がある。その上をうっすらと黄色や黄緑色の苔が覆っていた。

ひかりは屈《かが》んでこれらの石に触れた。温かい。そこには岩石や金属の持つ無機的な冷たさはなく、寒風の中では石それ自体がほのかに熱を帯びているかのように温かかった。

その石を摑《つか》み、なかば草に埋もれたそれをひっくり返そうと力を入れると、石にしては軽く地面を転がった。軽石だったのだろうか、そう思いながら草から這い出たその全体像を見て、ひかりは息を吞んだ。骨だった。ゆるやかな曲線を描き、一対の眼《がん》窩《か》を有した、それは石ではなく馬の頭骨だった。

基本的に狐や野犬は島にはいない。死んだ馬の体はばらばらに持ち去られることなく鳥や野鼠に啄《ついば》まれ、やがて骨が地に伏すだけである。骨は死から切り落とされ、哀しみを伴うことなく土と同化しているように見えた。

骨を前に立ち尽くしている間に、馬の姿は見えなくなっていた。馬の道は足元で三方向に分かれてそれぞれ行く先は霧の中へと消えていた。周囲には新しい糞もなく、馬がどの道を行ったのか分からない。

近くには荷車の名残だろうか。朽ちた木がいくつか積み重なっているなか、古いタイヤがひとつ落ちていた。数少ない人工物。ひかりはそこに腰かける。目を閉じれば疲労がじわじわと足元から這い上がってくるようだ。

完全に馬を見失った。面積約二平方キロメートル程度の平坦な島とはいえ、この霧の中、馬は再び見つけられるだろうか。時間は限られている。時間になれば自分はこの島を去らなくてはならない。間近に馬を見ることもなく、このまま帰る可能性を考えてひかりは首を振った。

「ポー」

意識しないまま口をついて出た。吉川が言っていた馬の呼び声。もちろん、今いる馬は祖母の代に人に飼い馴らされた馬ではない。人のいない島で生まれ育った、野生馬に近い存在だ。本当にこの呼び声に反応しているのか、正直ひかりには疑わしかった。むしろ人間の気配を感じて逃げるかもしれない。

ともすれば座り込んだまま膝を抱えそうになった。せめて探さなくては。たとえ接触できなくとも、あの馬をもう一度探さなければ。そう思い、顔を上げた時、右の耳元に違和感があった。

大声を上げそうになった。頬に感じる温かい鼻息。肌をつつく栗色の毛。すぐ背後に、馬が来ていた。急に立ち上がりそうになる気持ちを全力で抑え、ひかりはゆっくりと後ろを振り返った。確かに、あの馬だ。耳を前に向け、好奇心に満ちたようにこちらを見ている。まるで、ここに生きてきた馬達の命が凝結したような黒色の瞳。まだ若い牝馬《ひんば》が、ひかりの真後ろにいた。

いい目をしている。

ひかりはまずそう思った。長い睫毛《まつげ》に縁どられた目はどこか慕わしげで、威嚇や警戒の気配はない。この目の優しさがこの島にいる馬だからなのか、若い牝馬だからなのか、祖母達の馬の末裔《まつえい》だから自分が勝手にそう感じるのか。ひかりには分からなかったが、とにかく敵意のない澄んだ目に安堵した。

体毛はひかりが知るような、人に飼い馴らされた馬達よりも心持ち長い。遮るものもないこの島で風雪に耐え抜いてきたためだろう。風に磨かれ、また草も十分に食べているのか、毛並みは荒々しいが艶《つや》はいい。体格は先刻霧の中で見たように、体高は軽種馬より小さいぐらいか。胴体ががっしりと太い。いかにも頑強そうに肩や臀部《でんぶ》の筋肉が盛り上がっている。

ひかりはおずおずと手を伸ばし、すぐ近くにある馬の鼻に触れようとした。しかし鼻先に生えている毛先に指が触れると、馬は体を離した。触れさせてはくれない。そして再び背を向け歩く。しかし逃げ去るのではない様子に、なるべく足音を立てないように後に続いた。

馬はひかりを気に掛けていないかのように好きに歩いた。時折、鼻を地面に寄せては笹を食べ、また時に首を上げて遠方を注視するように立ち止まる。先ほどの吉川の話をひかりは思い返す。人に飼われていた馬の末裔故に、人を警戒しない性質が遺伝している可能性。先人が馬と密に暮らして血を残した故の性質。その確かさを思った。それでも細心の注意を払って馬の後を追った。

やがて馬は立ち止まり、前脚で地面を掻《か》く。その足元には一体の馬の屍《しかばね》が横たわっていた。まだ骨にまではなっておらず、全身の骨格の上に古びた皮が張りついている。鬣や尾さえまだ一部が残り、風になびいて草と同じに揺れていた。肌に残る茶色の毛、そして鬣の黒さからすると、この牝馬の血縁だろうと思われた。

「あんたの母さん？」

なるべく静かな声で訊いた。もちろん馬は答えない。しかし恐らくは母親だろうとひかりは推測した。

この島の過去を思う。いかにしても救い出せないという事情があったとはいえ、使役した結果、孤島に置き去りにしなければならなかった、人の営みの業《ごう》を思う。そしてこの現場をもたらした者の血は、間違いなく自分にも流れているのだ。

行き止まりだ。このままでは。

ひかりは具体的な手段について考えた。この馬を島から出すにはどうすればいい。あの崖はやはり馬を下ろすことはできない。やはり人手か薬か、何らかの手段でこの馬を大人しくさせて、空路で運ぶしかないのか――

思考に没頭している間に、馬は死体を離れ、数歩歩く。

その時、ひときわ強く風が吹いた。

笹ががさがさと鳴って地面に伏す。豪風にひかりも思わず身をすくめた。髪が頬に張り付き視界を奪う。思わず目をぎゅうと瞑《つぶ》り、少し和らぐのを待ってからゆっくりと目蓋を開くと、霧が急に薙《な》ぎ払われて青空が見える。

目の前で馬は何事もないように立っていた。

鬣と尾毛とを激しく風に靡かせ、しかし体は微動だにしていない。全身を覆う毛がつやつやと光りながら揺れて、まるで風に研ぎ上げられて馬体が美しく完成したように見えた。

四肢を堂々と地に突き刺し、暴風にさえ揺らぐことなく、彼女は凜《りん》と立ち誇っていた。人の手を離れて久しい血筋。自力で生き継いだ獣が、どこまでも逞《たくま》しく。

ひかりは息を呑んだ。風に叩かれなびく鬣の、その向こうの目はこちらを見ている。真っ黒い両の目で、強風にひるむこともなく、目の前の人間を見据えていた。

その眼球からはあらゆる感情が失われている。憎しみ、愛情、懐かしさ、怒り。およそ人間が読み取れそうな種類の気持ちは込められていない。感情の移入を許さない代わりに、ここだけ風が凪《な》いだような、静かな主張が見て取れた。

同情を拒み、共感を拒み、そうして目が示している。

わたしのどこが哀しいのだ、と。

「そっか」

ひかりは卒然と理解する。風で思考が洗われたように、突然目の前が開けて悟る。

この子は。この馬は。島に独り残り出られないのではない。

生き続けることによって、自らここにいることを選択し続けている。そうしてこの島に君臨している。誰の意に沿うこともなく、何ものかに脅かされることもなく、自らの意思によってのみ。この島の王として凜としたその姿には、人間の易い同情など差し挟む余地は全くない。

故に私には、この島から馬を毟《むし》り取ることはできない。

「ここにいるのがいいの」

馬は答えない。ただ一対の目でひかりを見つめ続ける。初めからこの馬はヒトの思いに対する解など持っていなかった。己の存在だけが全ての答えだ。

それ故に、このままでいい。

「分かった。じゃあ、ここにいなさい」

ひかりは頷いた。この馬の血の、主だった一族としての結論だった。全ての終わりを告げる言葉だった。自らにも宣告を下し、ひかりはかつて祖母が言っていた言葉を思い出す。人の意思がままならぬ自然をオヨバヌと言うと。まだ幼い頃のひかりは神妙にそれを聞いていたものだが、今、それを微笑んで否定できる。

「なんも。及んでるよ」

この海に囲まれ、風に削られ、そうしていつか地に伏し倒れても、それは意思及ばず朽ち果てたことにはならない。ここで最後まで、死ぬまで懸命に生きたということが、意思が及んだという証明であり答えだった。

不意に笑いがこみ上げる。安堵、納得、脱力、喜び。あらゆる感情がない交ぜになって、ひかりは笑った。笑い声と風が混じって歌のようにたなびく。馬は怪訝そうに見ていたが、警戒はしなかった。

やがてひかりの高揚が移ったのか、首を振り、縦にぴょんぴょんと跳ね始める。その姿を見て更に可笑しく、ひかりも真似をして跳ねた。

ははは、あはは、とひとしきり馬鹿笑いをして、ひかりは疲れて地面に腰を下ろした。馬が近づく。触れないまでも、すぐ近くまで歩み寄ってきて、心配するようにひかりを見下ろしている。大丈夫だと示すように立ち上がってやる。全身を伸ばして空を見ると、先ほどまでの海霧は完全に消えて抜けるような青空が広がっていた。

「おばあちゃん」

風吹きつける地の果てで、届くはずもない声を届けようと、ひかりは呼びかける。

「何もかも及ばなかったわけじゃない。及んで、最後の馬がいる。馬がね、こうしてここにいるよ」

ねえ、と傍にいる馬を見ると、馬は軽く首を傾げてこちらを見ていた。半野生馬ではあるが、すでにひかりと牝馬との間にはある種の信頼が築かれていた。それは過去数代にわたり繋がれてきた関係の結果だった。

ひかりは頷く。それから馬に向かって微笑んで、背を向けた。

それから一度も振り返らずに、その場を去り始めた。背後で馬の嘶《いなな》きがひとつ響く。人を呼ぶ声ではない。彼女なりの宣言とひかりは感じた。やがて蹄が草を踏みしめる、その足音がひかりと反対方向へと遠ざかっていく。追う必要はもはやなかった。

信じられた。自分がこの馬を見守らずとも、彼女は揺るぎない肉体と燃え尽きることのない意思によって、きっと力強く生き続ける。風が強く吹き付けるこの島で、今《い》際《ま》《わ》までも充足しながら死んでいくだろう。

ひかりにはそれが分かった。だからこれで、本当の意味で自由だ。馬も、それから自分も。

馬が追いかけてくる気配はない。ひかりはジャケットの襟を立て、開けていた前のジッパーを閉めた。この場所は物理的にはかなり寒い。風も確かに冷たい。しかし冷えていた体とは裏腹に、心は馬から熱を移されたように温かだった。この決別は悲しくなどない。火は確かに継がれた。今、自分とあの馬は共通した熱を灯《とも》している。力強い確信がひかりにはあった。

少し歩き、見覚えのある場所まで来ると、吉川がカメラを持って立っていた。望遠の長いレンズをつけている。

「もしかして見てたんですか。いつから？」

「霧が晴れた辺りだよ。馬の動画な、撮ったから。帰ったら媒体に焼いてやるよ」

お婆さんに見せてやるといい、と言われてひかりは頭を下げた。

「馬、このままにしておこうと思います」

「うん」

「このままが、いいんだと思います。馬にとっても、私にとっても。多分、……祖母にとっても」

吉川は何も言わずにただ頷いた。もしかしたら、最初からこの人は自分がこういう決断をすることが分かっていたのではないか。ひかりはそう思った。

少なくとも、自分より幾度もこの馬を見てきた人なのだ。まず見てみろと、バケンの人間ではない自分が島に来られるよう手配してくれた、その意味をひしひしと感じありがたかった。

吉川はひかりの視線に気づくと、ふっと息を吐いて感嘆した。

「なんつうかな。さっきの、凄かった。第三者の目だから勝手にそう思うのかもしれないけど、お前と馬、なんかしっくりきてた」

「来てよかっただろ」

「はい」

吉川の言葉に頷き、ひかりはもう一度頭を下げた。私の一族はもうあの馬の所有者ではない。これから道が交わることもない。それでも、先祖が馬に助けられ、馬と暮らしてきた時間が無駄などではなく、通じ合う何かが残っていたのなら。自分と馬との邂逅にもしそれが表れていたのなら、十勝に帰って、祖母に見せてあげよう。

この風景に生きる馬を、強風に抗い凜と立つあの姿を、早く祖母に見せたい。現実を認識し難くなってしまった祖母であっても、この島の気配ならばきっと感じとることができると思った。そうして時間も空間も超えて、この島に吹く風もきっと、祖母の意識を慰撫《いぶ》するだろう。彼女の中に、風は必ず戻ってくる。

陽が傾きはじめた。島を去らねばならない時間が迫っている。二人はまた時間をかけて崖を下り、砂浜へと降りた。吉川が港で待機している部員に連絡を入れる間、ひかりはナイフを借りてボウフウを少し採った。祖母に持っていってやるつもりだった。

手にした束の匂いを嗅ぐ。祖母は流動食のため昔のような形では食べられないかもしれないが、せめてこの匂いだけでも嗅がせてあげたい。祖母がかつて親しんでいたであろうものの名残を届けてあげたいとひかりは思った。

そうして私は、馬について話そう。祖母にだけではなく、できれば母にも。言葉を尽くして、見たこと全て、風の島に棲む馬の話を。馬と我々との、ひとつの終点について、報告を果たそう。喜んでくれるかどうかは分からない。それでも、祖母や母は自分が見届けた帰結に納得してくれるだろうという予感がしていた。

＊

迎えの漁船がやって来た。兼本老人が操舵室の窓から手を伸ばして振っている。ひかりと吉川も同じように応じた。力強いエンジン音と共に船が岸辺に近づいてくる。船に乗り込む準備をする前に、ひかりはふと思いついて崖との境目に近い砂地へ急いだ。

「どうした」

「すいません、ちょっとだけ」

崖の石が崩れて周囲に散らばっている中から、掌《てのひら》で握り込める程度の石をひとつ選び出す。この島を構成する崖の岩石と同じ茶色の、割れてごつごつしたそのままの形のものだ。それをズボンのポケットに急いで押し込んだ。

「土産？」

「ええ、自分用に」

吉川は納得して頷いたが、ひかりは単に島を訪れた記念として拾っただけのつもりではなかった。これは楔だ。ひとつの終止符として、祖先が書いた、あのぼろぼろの手紙と一緒に仕舞っておこうと思った。

船が浜辺近くに停止する。後に残したものがないのを確認して、ひかりと吉川は船に乗り込んだ。

「どうだったぁ。すげえ島だったべ」

兼本老人の声に、深く頷いて答える。

「はい。すごい所でした。来て良かったです」

荒く泡立つ波の間を縫って、船は浜から離れていく。花島が少しずつ遠ざかる。ひかりは小さくなっていく花島の地を眺め続けた。

馬の姿はやはり見えない。いつの日か、この島から完全に馬が消えた時、動植物のあり方も少しずつ変わるのかもしれない。それもまた、一つのありようだ。

海鳥の群れがひとかたまり、風をものともせずに岸壁沿いを旋回していく。ひととき の闖入者がいなくなり、再び島は風と鳥と馬の島へと戻った。自分は二度とここに足を踏み入れることはないだろうとひかりは思った。たとえ機会があったとしても、私はもう馬に会いに来ようとは思わない。その必要はない。役割はもう、十分な形で果たし終えたのだ。

風の音に混じって海鳥達の声が聞こえる。この声は今までもこれからも、馬にとっての祝詞《のりと》として島に響き続けていくのだろう。帰りも波が高く、船酔いをやり過ごそうとひかりは目を閉じる。より波の音と鳥の声が鮮明に聞こえる。荒波に揉《も》まれて揺れる船上で、あの馬の姿を記憶の中から細部まで呼び戻した。小さい軀体《くたい》、がっしりした四肢、慕わしげな目、かつて自分の一族と共に生き、その末端にいる一頭の馬の姿を。

その姿に、悲しみなどはなかったのだ。ひかりは目を閉じたまま頷いた。

やがて港が近づいたことを知らせる兼本老人の声が聞こえる。エンジンの音が抑えられ、顔に当たる風が少し和らぐのを感じた。小さな旅が間もなく終わりを告げる。温かで、安全で、脅かされることのない場所に帰っていく時が来る。

それでも、ひかりの記憶の中にはなおも風が吹き続けていくだろう。ひかりの記憶と、祖母らの記憶とが境界を無くして混じり合い、やがて海風に混じって流れていく。その風はいつでも海を渡り、島の草を揺らし、あの馬の鬣を揺らすだろう。望むらくはより強く。あらゆる淀《よど》みを吹き飛ばし、変わらぬ意思を研ぎ続け、強く激しく吹くといい。

解説

豊崎《とよざき》由美《ゆみ》（書評家）

二〇一五年八月三十日、小説家同士のトークイベントを聴くために札幌《さっぽろ》にいた。打ち上げの席にお邪魔させてもらったのだが、やがて、少し離れた席についていた見知らぬ女性に目がとまった。ポニーテール風、というよりはひっつめ頭的に適当にまとめたヘアスタイル、Tシャツとパンツ姿に首からはタオルを下げた、洒落《しゃれ》っ気《け》皆無のスタイル。日焼けした筋肉質の身体つきと、強い眼差し。文系イベントの打ち上げの席ではあまりお目にかからない面構えのいい女性で気になったので、隣席の知人に「あれは誰か」と訊《たず》ねたら、『颶風の王』という作品で三浦綾子《みうらあやこ》文学賞を受賞した新人作家で、普段は北海道東端の別海《べつかい》町で羊飼いをしながら小説を書いてる」「今日ここに来る前、北海道マラソンを走ってきたみたい」という答えが返ってきたものだから、思わず「羊飼いぃ〜っ?!」「マラソォンン〜ッ?!」と素《す》っ頓狂《とんきょう》な声を上げたこととを、今も鮮明に思い出すことができる。

帰京して、すぐ、『颶風の王』を買った。読んだ。驚嘆した。

〈雪洞に閉じ込められているのは一頭の馬と一人の人間。見事な体軀を持った葦毛《あしげ》の牡馬《ぼば》アオと、若い娘、ミネ。彼らが今いるのは東北の背骨、原生の気配をいまだ濃く残した山の中、雪崩で偶然できた雪の隙間であった〉

河崎秋子《かわさきあきこ》のデビュー長篇は、ここからすべてが始まる物語だ。

明治の世の、東北の村。庄屋《しょうや》の娘なのに小作農の吉治《きちじ》を愛したミネは、お腹に子どもを宿したまま駆け落ちしてしまう。やがて見つかり、追っ手に吉治を殺されてしまったミネは、愛する男が丹精込めて育てた馬アオに乗って逃げ延びようとするのだが、雪崩で雪洞に閉じこめられてしまうのだ。

空気穴はあるけれど、食べ物もなく暖もとれない洞の中で、脚を折り動けないアオに自分の髪の毛を食べさせてやるミネ。餓死寸前の状況の中、腹の子のために、ついに死にかけているアオの肉を食べてしまうミネ。その後、自分の腕を切って、その血をアオに舐《な》めさせてやるミネ。

ひと月後、かろうじて生き延びていたミネは奇跡的に発見される。しかし、〈この子のからだはアオのからだからできている〉〈私の子で、吉治の子で、そしてアオからできた子〉である息子は、捨造《すてぞう》なんていう名前をつけられ、離乳が済むと小作農夫婦のもとに養子に出されてしまう。一方、正気を失ったミネは屋敷最奥の座敷で寝起きする身に。それから十八年後、〈違う。そうじゃねえ。ここじゃねえ。ここじゃあねえんだ〉という現状への違和感を抱えた捨造は、新聞に載っていた「開拓民募集」の記事を読んで、母を残していくことに後ろ髪を引かれながらも、北海道に渡る決意を固める。アオの血を引く素晴らしい馬と共に——。

と、ここまでが第一章。次章では、根室《ねむろ》半島の海辺の地に根づき、馬を飼い育て、地引き網を引きながら暮らしている捨造と、その教えを素直に受け止め、子どもながら馬を育てる技術を身につけつつある孫の和子《かずこ》の物語が展開していく。

二人が育てた馬は、自分の家で使うだけではない。売ったり、他の漁師に貸し出しもする。一番大きな貸し出し先が網元で、初夏になると、昆布の好漁場である小さな無人島・花島《はなじま》へと、馬に綱をつけて船で牽《ひ》き、海を泳がせて連れていくのだ。〈船が島に近づける僅かな砂地から、崖が比較的緩い場所につけられた細い坂道を、馬達は重い昆布を満載した馬車を牽いて登らねばならない〉という大変な重労働ゆえに強靭《きょうじん》な馬が必要で、捨造と和子は、自分たちが育てた自慢の馬を花島にやることを誇りとしていた。

ところが、昭和三十年の夏、そんな花島を悲劇が襲う。台風によって船着き場まで下りる道が全部崩れ、崖の上に馬たちが取り残されてしまったのだ。和子は、愛馬のワカを救い出すことができないという現実に打ちのめされる。「おじじ、これまであんなに、あんなに、馬、大事にすれって言ったべや。いっつもいっつも言ってたべや」と祖父を責めずにいられない和子。「及ばれねぇ。及ばれねぇモンなんだ。もう、だめだ……」と心の痛みを言葉ににじませる捨造。馬の半数近くを失って暮らしが立ちゆかなくなった一家は、やがて、小豆《あずき》農家を営んでいる和子の母方の実家に呼ばれ、十勝《とかち》平野に移り住むことに。アオから始まった物語は、その子孫であるワカが花島に取り残されることで、いったん馬から離れることになるのだ。

それから数十年後。脳卒中で倒れた和子が、一週間の昏睡《こんすい》から覚めて、まず発した言葉が「馬ぁ、あれ、まだおるべか」だった。幼稚園児の頃、花島に取り残された十三頭の馬たちが子孫を残していると和子から聞かされていた孫のひかりは、その子孫が今やたった一頭しかいないことを知り、花島の馬に心を残している祖母のために自分が何かできないかを模索。通っている国立大学のサークル「馬研究會」が、特別自然保護区に指定され、一般人が立ち入ることができなくなっている花島に、年に一度渡っては、現地の馬の数の確認、生態の観察などを行っていることを知って、同行を願い出る。できるものならば、最後の一頭を島から助け出したいという熱意をもって。

〈及ばぬ。

人の意思が、願いが、及ばぬ。ひかりの脳裏に強い文言が蘇る。オヨバヌ。祖母が繰り返していた言葉だ。地も海も空も、人の計画に沿って動いてはくれない。祈りなど通じず、時に手酷《てひど》く裏切ったりもする。それは人がここで生き、山海から食物《じきもつ》を得るうえで、致し方ないことなのだと〉

しかし、それでも「及ばせたいよ。おばあちゃん」と思うひかり。

明治から平成の世へと引き継がれていくこの物語は、「及ばぬ」という思いが「及ばせたい」という思いを生む物語でもある。そして、ひかりのその思いは、颶風（強く激しい風）吹きすさぶ花島で、「なんも。及んでるよ」と変化していく。孤島に取り残されて可哀相。たった一頭で可哀相。そんな人間の考えとは相容れない時間と場所で、馬は生きる。生き抜く。そのことを、説明ではなく、花島の自然と馬のたたずまいの描写によって伝えるラストがもたらす感動は格別だ。

この自然と人為（人意）の対比は、道産子《どさんこ》をはじめとする外来種の血が入らない和種の馬について語る箇所でも強調されている。明治期に入り西欧文化が流入したことで、〈馬についても品種改良による形質の向上が必要だと〉理解した政府によって、去勢された日本の在来種の牡馬たち。しかし、完全には淘汰《とうた》されなかった。〈例えば孤島。例えば辺境。政府の触れが届かない、あるいは住人がそれを遵守する気がない島では、政府の計画は実行されなかった〉〈当時、花島で祖父の捨造が貸し出し、使役されていた馬もまた、結果的に去勢を免れた〉。そんな、今や稀少《きしょう》とされる在来種の馬への愛情が、この小説の基盤になっているのだ。

馬に命を救われたミネ。馬によって命を与えられた捨造。自分が救い出すことができなかった馬に心を残し続ける和子。最後の一頭となった馬との対面によって、大きな視野を得るひかり。豊かで美しいだけではない、厳しく残酷な貌《かお》も持ち合わせる東北や北海道の自然を背景に、人と馬の百二十年余りの時間を、原稿用紙わずか四百枚弱で描ききった力量に感服。ベタついた動物愛護精神とはかけはなれた心持ちで、馬という生きものの魅力を伸びやかに伝える闊達《かったつ》な文章に感嘆。三年前の夏に見かけた面構えのいい女性は、面構えのいい小説を書く作家だったのだ。

なかでも、わたしが好きなシーンは、行方不明になったワカを探しに、幼い和子が月明かりとランプを頼りに、自分の家の登記になっている森に入っていく場面だ。大きなシマフクロウに脅され、ほうほうの体で逃げる和子はこう思う。

〈この森の主はけっして祖父ではない。あのシマフクロウだけのものでもない。この森は、森そのものの領分なのだ。和子は祖父の言葉を思い出す。

『オヨバヌトコロ』

祖父が繰り返していた言葉が脳裏に蘇る。及ばぬ所。空と海と、そして不可侵の大地。いかに人工の光で照らそうと、鉄の機械で行き来し蹂躙《じゅうりん》しても、人の智と営みなどとても及びもつかない、粗野で広大なオヨバヌトコロ〉

この場面に代表される、人間が分け入ることを許さない自然の領分と、そこで生きる動物たちへの畏《おそ》れにも似た愛着は、長篇第二作『肉弾』にも受け継がれている。河﨑秋子の小説は、読んで面白いだけではない。自然と野生を身近から失ってしまった現代人の一人であるわたしに、生きものとしての己の本分を問いかけてくるのだ。面構えのいい作家は、これだから剣呑《けんのん》だ。これだから信頼できるのだ。

本書は二〇一五年七月に小社より
単行本として刊行されました。

颶《ぐ》風《ふう》の王《おう》

河《かわ》崎《さき》秋《あき》子《こ》

平成30年 8月25日　初版発行
令和6年 4月15日　11版発行

発行者●山下直久

発行●株式会社KADOKAWA
〒102-8177　東京都千代田区富士見2-13-3
電話　0570-002-301（ナビダイヤル）

角川文庫 21108

印刷所●株式会社KADOKAWA
製本所●株式会社KADOKAWA

表紙画●和田三造

ISBN978-4-04-107220-2　C0193

◆◇◇

角川文庫発刊に際して

角　川　源　義

第二次世界大戦の敗北は、軍事力の敗北であった以上に、私たちの若い文化力の敗退であった。私たちの文化が戦争に対して如何に無力であり、単なるあだ花に過ぎなかったかを、私たちは身を以て体験し痛感した。西洋近代文化の摂取にとって、明治以後八十年の歳月は決して短かすぎたとは言えない。にもかかわらず、近代文化の伝統を確立し、自由な批判と柔軟な良識に富む文化層として自らを形成することに私たちは失敗して来た。そしてこれは、各層への文化の普及滲透を任務とする出版人の責任でもあった。

一九四五年以来、私たちは再び振出しに戻り、第一歩から踏み出すことを余儀なくされた。これは大きな不幸ではあるが、反面、これまでの混沌・未熟・歪曲の中にあった我が国の文化に秩序と確たる基礎を齎らすためには絶好の機会でもある。角川書店は、このような祖国の文化的危機にあたり、微力をも顧みず再建の礎石たるべき抱負と決意とをもって出発したが、ここに創立以来の念願を果すべく角川文庫を発刊する。これまで刊行されたあらゆる全集叢書文庫類の長所と短所とを検討し、古今東西の不朽の典籍を、良心的編集のもとに、廉価に、そして書架にふさわしい美本として、多くのひとびとに提供しようとする。しかし私たちは徒らに百科全書的な知識のジレッタントを作ることを目的とせず、あくまで祖国の文化に秩序と再建への道を示し、この文庫を角川書店の栄ある事業として、今後永久に継続発展せしめ、学芸と教養との殿堂として大成せんことを期したい。多くの読書子の愛情ある忠言と支持とによって、この希望と抱負とを完遂せしめられんことを願う。

一九四九年五月三日

角川文庫ベストセラー

草枕・二百十日　夏目漱石

俗世間から逃れて美の世界を描こうとする青年画家が、山路を越えた温泉宿で美しい女を知り、胸中にその念願を成就する。「非人情」な低徊趣味を鮮明にした漱石の初期代表作『草枕』他、『二百十日』の2編。

霧笛荘夜話　浅田次郎

とある港町、運河のほとりの古アパート「霧笛荘」。誰もが初めは不幸に追い立てられ、行き場を失ってここにたどり着く。しかし、霧笛荘での暮らしの中で、住人たちはそれぞれに人生の真実に気付き始める――。

山の霊異記 幻惑の尾根　安曇潤平

閉ざされた無人の山小屋で起きる怪異、使われていないリフトに乗っていたモノ、岩室に落ちていた小さな靴の不思議。登山者や山に関わる人々から訊き集めた、美しき自然とその影にある怪異を活写した恐怖譚。

富士山　編／千野帽子

川端康成、太宰治、新田次郎、尾崎一雄、山下清、井伏鱒二、夏目漱石、永井荷風、岡本かの子、若山牧水、森見登美彦など、古今の作家が秀峰富士を描いた小説、紀行、エッセイを一堂に集めました。

夏休み　編／千野帽子

灼熱の太陽の下の解放感。プール、甲子園、田舎暮らし、ほのかな恋。江國香織、辻まこと、佐伯一麦、藤野可織、片岡義男、三木卓、堀辰雄、小川洋子、万城目学、角田光代、秋元康が描く、名作短篇集。

角川文庫ベストセラー

オリンピック　編／千野帽子

観戦記から近未来SFまで。スポーツの祭典、オリンピックにまつわる文学を集めたアンソロジー。三島由紀夫、沢木耕太郎、田中英光、小川洋子、筒井康隆、グルニエ、山際淳司、アイリアノス、中野好夫を収録。

高野聖　泉　鏡花

飛騨から信州へと向かう僧が、危険な旧道を経てようやくたどり着いた山中の一軒家。家の婦人に一夜の宿を請うが、彼女には恐ろしい秘密が。耽美な魅力に溢れる表題作など5編を収録。文字が読みやすい改版。

バガージマヌパナス　わが島のはなし　池上永一

大親友の86歳のオバァとともに、楽園生活を満喫していた綾乃。しかし突然、神様にユタ(巫女)になれと強制されてしまい——。沖縄の豊かな伝承を舞台に、圧倒的なイメージ喚起力と想像力で描く幻想的な物語。

言葉の流星群　池澤夏樹

残された膨大なテクストを丁寧に、透徹した目で読み進むうちに見えてくる賢治の生の姿。突然のヨーロッパ志向、仏教的な自己犠牲など、わかりにくいとされる賢治の詩を、詩人の目で読み解く。

ニート　絲山秋子

どうでもいいって言ったら、この世の中本当に何もかもどうでもいいわけで、それがキミの思想そのものでもあった——（「ニート」）現代人の孤独と寂寥、人間関係の揺らぎを描き出す傑作短篇集。

角川文庫ベストセラー

白の鳥と黒の鳥　いしいしんじ

はつかねずみとやくざ者の淫靡な恋。山奥の村で繰り広げられる天国に似た数日間のできごと――など、奇妙なひとたちがうたいあげる、ファニーで切実な愛の賛歌!

天地明察（上）（下）　冲方丁

4代将軍家綱の治世、日本独自の暦を作る事業が立ち上がる。当時の暦は正確さを失いずれが生じ始めていた――。日本文化を変えた大計画を個の成長物語として瑞々しく重厚に描く時代小説! 第7回本屋大賞受賞作。

野火　大岡昇平

肺病でレイテ島に上陸した田村一等兵。死の予感から、島に踏み出した田村が見たものは。ミンドロ島で敗戦を迎え、米軍捕虜となった著者が、戦地と戦争の凄まじい有様を渾身の力で描き、高い評価を得た一冊。

ねこに未来はない　長田弘

かわいいねこたちが、ある日突然、姿を消した! きびしい現実のなかで未来を奪われたねこたちに寄せた、さわやかなユーモアとあふれるウィット。話題をよんだ物語エッセイ。

グランド・ミステリー　奥泉光

昭和16年12月、真珠湾攻撃の直後、空母「蒼龍」に着艦したパイロット榊原大尉が不可解な死を遂げた。彼の友人である加多瀬大尉は、未亡人となった志津子の依頼を受け、事件の真相を追い始めるが――。

角川文庫ベストセラー

大泉エッセイ 僕が綴った16年
大泉　洋

大泉洋が1997年から綴った18年分の大人気エッセイ集（本書で2年分を追記）。文庫版では大量書き下ろし（結婚&家族について語る!）。あだち充との対談も収録。大泉節全開、笑って泣ける1冊。

鬼談百景
小野不由美

旧校舎の増える階段、開かずの放送室、塀の上の透明猫……日常が非日常に変わる瞬間を描いた99話。恐ろしくも不思議で悲しく優しい。小野不由美が初めて手掛けた百物語。読み終えたとき怪異が発動する——。

雪国
川端康成

国境の長いトンネルを抜けると雪国であった。「無為の孤独」を非情に守る青年・島村と、雪国の芸者・駒子の純情。魂が触れあう様を具に描き、人生の哀しさ美しさをうたったノーベル文学賞作家の名作。

裸の王様・流亡記
開　高　健

戦後文学史に残る名作が、島本理生氏のセレクトにより復刊。人間らしさを圧殺する社会や権力を哄笑し、なまなましい生の輝きを端正な文章で描ききった、開高健の初期作品集。

檸檬
梶井基次郎

私は体調の悪いときに美しいものを見るという贅沢をしたくなる。香りや色に刺激され、丸善の書棚に檸檬一つを置き——。現実に傷つき病魔と闘いながら、繊細な感受性を表した表題作など14編を収録。

角川文庫ベストセラー

約束の森　沢木冬吾

妻を亡くした元刑事の奥野は、かつての上司から指示を受け北の僻地にあるモウテルの管理人を務めることになる。やがて明らかになる謎の組織の存在。一度は死んだ男が、愛犬マクナイトと共に再び立ち上がる。

黄金の王白銀の王　沢村凜

二人は仇同士だった。二人は義兄弟だった。そして、二人は囚われの王と統べる王だった——。百数十年にわたり、国の支配をかけて戦い続けてきた二つの氏族。二人が選んだのは最も困難な道、「共闘」だった。

芙蓉千里　須賀しのぶ

明治40年、売れっ子女郎めざして自ら「買われ」、海を越えてハルビンにやってきた少女フミ。身の軽さと機転を買われ、女郎ならぬ芸妓として育てられたフミは、あっという間に満州の名物女に——!!

愛の国　中山可穂

満開の桜の下の墓地で行き倒れたひとりの天使——。昏い時代の波に抗い鮮烈な愛の記憶を胸に、王寺ミチルはスペインの聖地を目指す。愛と憎しみを孕む魂の長い旅路を描く恋愛小説の金字塔!

新編 宮沢賢治詩集　編／中村稔

亡くなった妹トシを悼む慟哭を綴った「永訣の朝」。自然の中で懊悩し、信仰と修羅にひき裂かれた賢治のほとばしる絶唱。名詩集『春と修羅』の他、ノート、手帳に書き留められた膨大な詩を厳選収録。